Hispaniola

Couverture : Columbus taking possession of the new country / Bibliothèque du congrès
Washington DC - LC-USZC2-1687

Benjamin Rolland

Hispaniola

Éditions Bernheim

Plaignons, à l'égal des estomacs,
les esprits qui ne mangent pas.

Victor Hugo – Les Misérables tome IV

1ère partie

1er jour – 4 janvier au petit matin, quelque part dans les Caraïbes

De sa main droite, le capitaine s'appuie sur le mât du vaisseau puis rejoint la poupe dont le sol est encore jonché de cadavres de bouteilles. À la veille de ce départ, la caravelle, large de 16 coudées, s'apparente à une fourmilière où le ressac de la mer et le cri des goélands sont entrecoupés d'ordres crachés par quelques marins exténués ou les grincements des caisses qui rejoignent la soute. Se retournant, le Génois constate que les choses avancent bien et que l'équipage pourra bientôt larguer les amarres. Il aurait pu embarquer davantage, mais devant l'état des deux navires et le peu de valeur des découvertes faites, il s'est restreint à l'essentiel.

— Messieurs, encore un effort et nous pourrons partir ! lance-t-il. Le ciel est clément, c'est un signe, Dieu est avec nous !

Depuis le naufrage du troisième navire la veille de Noël et le découragement généralisé qui en a découlé, le capitaine prend un soin tout particulier à motiver son équipage. Il a joué de chance à l'aller en désamorçant de justesse une mutinerie et craint désormais la *vox populi* qui a failli arrêter net son aventure.

Arrivé près de la rambarde en bois, l'homme y pose ses mains parcheminées, inspire profondément et lève le regard vers l'île qu'il a baptisée du nom de *l'Espagnole*. Lui, l'Amiral de la mer Océane, aurait voulu continuer. De nombreuses terres ont été découvertes pour lesquelles il a reporté les pourtours méticuleusement. Mais point de villes. Point de comptoirs avec qui commercer. Avec qui échanger épices et pierres précieuses. Où trouver de la soie et de l'or. Au lieu de cela, il doit se contenter de rapporter une dizaine d'esclaves, des perroquets aux couleurs chatoyantes et une poignée de bijoux offerts par les habitants de ces îles au gré de leurs pérégrinations dans l'archipel caribéen. Davantage aurait pu être fait si on ne lui avait confié un matériel si médiocre. Si ces détenteurs du pouvoir, aussi sûrs d'eux, inébranlables dans leurs convictions, lui avaient fait confiance. Lui, le fils de tisserand a contredit les grands scientifiques qui péroraient dans leurs pourpoints de soie. Eux, les bien-nés, qui n'ont rien à prouver, rien à démontrer. Lui que l'on moquait à cause de son accent rocailleux les a mis en défaut. Le monde est en train de changer, pense-t-il à ce moment précis.

Levant le regard, il distingue au loin sur l'île un groupe d'Européens bientôt rejoint par des Indiens. 39. Ils sont 39 Européens qui ont dû rester sur l'île faute de place sur les deux navires restants après le naufrage du troisième, le plus grand d'entre eux. Ils forment donc la première tentative de colonisation en Amérique et ont pour mission de bâtir un fort baptisé la Nativité avec les restes de l'épave.

Rejoint par son second, le capitaine commente :

— Je leur souhaite bien du courage parmi ces Indiens. J'espère que l'on retrouvera davantage que leurs restes à notre retour.

— Don Cristobal, les navires sont amarrés et fin prêts à partir, il ne manque que votre ordre, lui répond son second sans apporter de commentaires à ses propos.

— Bien, tirez 7 coups de canon et levez l'ancre !

L'homme acquiesce de la tête et s'en retourne. Sitôt, le canon se met à résonner.

cͻͻ

Depuis le rivage, Diego de Arana voit au loin les épais nuages de fumée entourant les deux navires. À ce moment, l'Espagnol se remémore la lourde tâche qui lui incombe désormais ainsi qu'à ses camarades sur cette île d'Hispaniola : établir un fort en vue d'accueillir les futures expéditions que l'Amiral ne tarderait d'organiser sitôt de retour en Europe, s'approprier un rudiment de langage indigène s'avérerait indispensable. Et trouver de l'or. Il lui faudra découvrir où se trouve le métal précieux si souvent évoqué par les Indiens rencontrés au gré de leurs pérégrinations.

Tout en lissant ses moustaches, un sourire narquois se forme sur son visage lorsqu'il s'imagine l'arrivée au port des deux navires. L'Amiral de la mer Océane a donné tort à tous les penseurs de l'époque en découvrant une route à l'Ouest. La mer ne se termine pas dans un précipice ou n'est pas habitée par des monstres marins. En revanche, la cour du grand Khan comme les maisons recouvertes d'or restent du domaine du fantasme. Le capitaine ne ramène dans sa cale qu'une poignée d'Indiens couards et une demi-douzaine de perroquets braillards.

Charge à lui, Diego désigné gouverneur sur l'île, de trouver des trésors sur la terre d'Hispaniola.

Au fur et à mesure que les bateaux s'éloignent, leurs voiles désormais jaunies deviennent de plus en plus petites pour finalement disparaître. Soupirant, celui qui est désormais l'autorité suprême à la Nativité, se retourne et lance à quelques compagnons, pour la plupart Espagnols, venus voir partir les deux caravelles :

— Messieurs, nous avons un fort à bâtir, un monde à découvrir et probablement la richesse pour tous !

Scrutant les visages de ses coreligionnaires, il constate que seul l'appât du gain a suscité une réaction. Dans quelle aventure s'est-il lancé ? Lui qui aurait préféré regagner sa Cordoue natale. Au lieu de cela, l'homme se retrouve exilé volontaire en compagnie de tous ceux que l'Amiral des mers a jugé gênant : les râleurs qui, dès les premières difficultés dans les mers des Sargasses, ont voulu rebrousser chemin, les superstitieux qui interprètent chaque événement comme un signe divin. Parmi les volontaires, l'un est criblé de dettes pendant qu'un autre est un amant fougueux qui n'est guère pressé de reposer le pied dans l'Ancien Monde. Quatre marins malades ont été confiés à la colonie qui accueillera bientôt un sanitarium avant même d'avoir un seul mur. L'homme replace son chapeau et, franchissant le rivage jonché de feuilles de palmier, prend la direction de la Nativité où règne une activité qui tranche avec le calme du rivage.

La Nativité n'est à ce moment-là qu'un chantier qui dispose alors de deux habitations et d'un semblant de palissade. Pendant que quatre hommes sont affairés à dresser un tronc d'arbre qui va s'aligner à ceux déjà en place, deux autres sont en train de creuser un fossé face à l'alignement de pièces de bois. Attiré par une conversion houleuse, le gouverneur de la colonie, Don Arana, s'approche de deux marins dont l'un conclut sèchement :

— Je comprends bien votre préoccupation, mais l'urgence pour l'instant est de bâtir un endroit sûr pour notre colonie. Nous sommes sur une île qui nous est totalement étrangère, nos voisins ont beau être sympathiques et accueillants, leurs coreligionnaires sont des hommes sans pitié, qui mangent jusqu'à leur propre descendance. Concentrons-nous pour l'heure sur la colonie et ensuite, nous pourrons dresser des croix, des églises... en revanche, si vous voulez prier et chanter avec eux, grand bien vous fasse.

— Soit, mais cela ne suffira qu'un temps, il faudra bientôt

bâtir une église, à la gloire du Seigneur. Ces Indiens ne peuvent vivre ainsi, dans le péché, répond le second.

— Oui, rétorque le premier homme un brin exaspéré et visiblement préoccupé. Laissez-moi désormais avec Don Arana, je dois m'entretenir avec lui.

En partie satisfait, Juan esquisse un sourire crispé, forcé et d'une main droite hésitante, replace une mèche de cheveux rebelle et se retire.

— Notre zélote a finalement obtenu gain de cause ? lui demande alors Don Arana une fois Juan hors de portée de voix.

— Il fallait bien : il n'est pas doué pour la charpente, fait peur aux malades en leur parlant de punition divine et distrait les rares qui travaillent. Peut-être aura-t-on plus de résultats avec la religion, répond Pedro Gutierrez, qui est le second par ordre hiérarchique sur île.

Se raclant la gorge, il reprend :

— Quand je pense que j'étais officier à la chambre du Roi et me voici aujourd'hui, en plein milieu du continent asiatique avec...

— Arrêtez vos jérémiades, interrompt le gouverneur et dites-moi plutôt où sont les autres hommes. L'Amiral vient tout juste de partir et la moitié de la colonie est déjà aux abonnés absents. Nous devons la ceindre d'un fossé et de murs. Le premier tient de la rigole, quant à la palissade...

Surgit alors de la forêt une multitude d'Indiens portants maladroitement des caisses ou faisant rouler des fûts. Autour deux, des marins européens de la Nativité les hélant à la manière de bête de somme.

L'officier de la chambre du Roi Gutierrez reprend un brin gêné :

— Nous sommes sur le point de finir le rapatriement de nos victuailles dans le fort... avec l'aide des Indiens qui nous ont aimablement prêté leur concours, précise-t-il, bien forcé de le constater.

Haussant les sourcils, le gouverneur indique sur un ton ironique :

— D'aucuns n'ont pas perdu de temps pour transformer ces pauvres Indiens en esclaves. Cela règle au moins notre problème de bête de somme.

Abandonnant son interlocuteur, Don Arana rejoint l'une des huttes qui forme l'unique habitat dans le fort.

Sitôt le naufrage de la nef qui a transporté cette poignée d'hommes dans un nouveau Monde, une tribu d'Indiens locale a proposé son aide aux Européens afin de récupérer ce qui pouvait l'être et de mettre au sec leurs biens. Leur chef, Guacanaric, un homme affable qui règne sur le caciquat marien, l'un des cinq royaumes de l'île, a immédiatement mis à disposition ses nombreux canoës afin de transvaser les tonneaux de vins et toutes les caisses présentes dans la soute. Stockés un temps non loin du fort, les biens des Européens rejoignent désormais la Nativité qui s'est vue dotée d'un grenier. Celui-ci, de même que les différentes habitations de la colonie, ont été construites par les Indiens. Ce sont donc des maisons locales que les Européens occupent alors. Réduites à l'essentiel, elles prennent l'aspect d'une tente dont le sol est recouvert de feuilles de palmier tressés. Le toit est recouvert des mêmes feuilles qui protègent du vent et de la pluie. Une ouverture au sommet permet de laisser s'échapper la fumée d'un foyer qui peut être allumé au sein de l'habitat.

Après avoir salué les deux marins qui font office de garde à l'entrée du grenier, Don Arana y pénètre et découvre une pièce désormais surchargée de tonneaux et de caisses remplies de toutes les victuailles mais bien plus important les outils, graines et babioles servant de monnaie d'échange avec les Indiens. L'homme constate que l'habitat indien se prête mal au stockage et note qu'il faudra en construire un plus adapté, plus européen pour leur réserve. Pour l'heure, cellc-ci a été bâtie en un temps record par les Indiens et a pallié le manque cruel de matériau adapté. Les stocks sont désormais au sec et à portée de main européenne.

Se penchant sur une ardoise, il constate avec énervement que l'inventaire n'a pas été mis à jour par le préposé à la tâche Cristobal de Niebla. La gestion des ressources est pourtant une tâche critique dans de telles conditions : l'Amiral de la mer océane leur a laissé une quantité de vivres importante, mais la colonie n'a aucune certitude quant à la date de son retour. Priorité a donc été donnée à l'utilisation des ressources de l'île. D'autant que la colonie est aujourd'hui tributaire du chef Guacanaric, mais son apparente engeance pourrait ne pas durer. Il faut également pouvoir tenir un siège dans le cas où des Cannibales se décideraient à attaquer la colonie. Autant d'aspects qui rendent la gestion de la réserve capitale. Énervé, le gouverneur de la colonie rajoute un nœud à un brin de corde qui l'accompagne pour s'en souvenir.

Quittant la réserve, l'homme prend la direction d'une seconde hutte. Celle-ci sert de dortoir aux marins de la colonie. À l'entrée Diego, le médecin de la colonie, lui fait dos. Au moment de savoir qui resterait sur l'île, les négociations ont été rudes entre lui et l'Amiral des mers pour s'accaparer les compétences de Diego. Finalement, l'ambiance délétère a eu raison des réticences du découvreur qui a cédé le médecin à la colonie. Cela se justifie d'autant que quatre marins alors alités souffrent d'un mal inexpliqué : ci et là, ils présentent des éruptions cutanées roses qui ont tout de suite été interprétées comme une punition divine par Juan de Villar. Ne voulant revenir en Espagne les mains à moitié vides et accompagnés de marins amaigris et malades, l'Amiral des mers ne voulait pas davantage s'embarrasser d'un mal divin.

Invitant le médecin à quitter la hutte, le gouverneur Diego s'adresse alors à lui :

— Cela ne vaudrait-il pas la peine de les isoler au sein d'un lazaret ? Je ne voudrais pas que l'on se retrouve avec une épidémie.

Faisant une moue de circonspection, le médecin répond :

— Difficile à dire. Jusqu'à présent, ils ne se plaignent d'aucune douleur mais ces rougeurs étant de plus en plus visibles, je recommanderai d'éviter le soleil et le contact avec les autres.

— Soit, je vais demander à bâtir un dispensaire à l'écart qui puisse les accueillir.

Surgit alors de la hutte un gloussement féminin qui intrigue le gouverneur dont les traits se crispent. Abandonnant aussitôt le médecin, l'homme pénètre dans l'habitation et profèrent des jurons lorsqu'il découvre que le fond de la hutte a été transformé en salon de thé : une poignée de marins est affalée, face à lui, à même le sol, flanquée de jeunes Indiennes nues. L'une d'elles tient à la main une longue cane au bout de laquelle se dégage une fumée épaisse. Le visage rouge de colère, le gouverneur se dirige vers ses coreligionnaires, dégaine son épée et menaçant le premier marin, lui crache à la figure :

— Aucun Indien ne doit pénétrer dans le fort sans autorisation !AUCUN ! répète-t-il en articulant chaque syllabe pour bien signifier l'importance de la règle.

Les yeux injectés de sang, les marins le regardent sans même sembler comprendre. Les Indiennes quant à elles, bien que ne maîtrisant aucun mot de leur langue, baissent les yeux et, s'éclipsant, prennent la poudre d'escampette sitôt sorties de l'habitation.

Haletant, Diego fixe les marins qui ne semblent toujours pas comprendre la situation.

— Vous êtes complètement drogués mes pauvres ! Savez-vous ce que vous êtes en train de consommer ? Cette fumée qui vous rend amorphe... ces Indiennes vous ont drogués. À peine arrivés et vous voilà déjà piégés !

Voyant que ses paroles n'ont aucun effet sur eux, il revient sur ses pas, sort de la hutte et lorsqu'il retrouve le médecin, lui intime l'ordre :

— Merci d'étudier la fumée qu'ils inhalent et de me faire un compte rendu avant ce soir. Ces adolescentes aux mœurs légères droguent mes marins. Il est hors de question que l'on laisse ces indigènes prendre le contrôle sur mes hommes.

Sans même attendre une réponse, il s'éloigne, prend la direction de sa hutte et hèle le nom de son adjoint.

Voilà bientôt quatre heures que Luis de Torres s'affaire à l' « œuvre de sa vie » comme il a baptisé la tâche que lui a confiée l'Amiral des mers avant de reprendre le large. Son glossaire taïno devra permettre au retour du Génois de pouvoir enfin interagir convenablement avec les indigènes. Jusqu'à présent les échanges avec ces derniers n'ont été que politesse et quiproquos. Une première tentative – qui s'est révélée un échec – a consisté à tenter de leur apprendre l'espagnol. Mais les sept Indiens qui ont vécu alors parmi les marins tremblaient de peur devant ce qu'ils considéraient comme des dieux et il a fallu se résoudre à les libérer. Luis a alors proposé de s'immerger parmi eux afin de travailler à cet ouvrage mais également pour décrire leurs coutumes, leurs habitudes et leurs richesses. Ce dernier point n'a pas laissé indifférent l'Amiral et devant le risque que cela comportait, a accepté sous la condition que Luis soit systématiquement accompagné et revienne au fort une fois la nuit tombée.

Luis a ainsi établi ses quartiers au sein d'une des rares cases privatives du village indien. Ces habitations que les Indiens dénomment *bohios* sont habituellement rondes, mais appartenant au chef, cette dernière est carrée. Le chef Guacanaric a insisté pour que le traducteur prenne place au sein de sa propre demeure et ce dernier n'a pu retenir un sourire quand il a découvert que celle-ci possède pour unique meuble un tabouret. Il s'y est donc installé et c'est entouré de trois Indiens qu'il tente de mener à bien son travail. Dresser un inventaire de vocabulaire n'est pas la tâche la plus complexe, très vite les aventuriers des trois caravelles qui ont traversé l'Atlantique ont su désigner l'*Ajes*, ses racines ressemblant à des carottes qui, une fois râpées, permettent de fabriquer du pain. Les premiers mots découverts, et Luis aime à le rappeler, ont rapport à l'or : *Guarin* qui était un pendentif ou encore *Caona* qui désigne le précieux métal. Les marins n'ont que ce mot à la bouche.

— *Caona, caona*, répète un des marins tout en dressant un tronc d'arbre.

— C'est sur *Caona* que nous devons concentrer nos efforts et pas sur cette palissade qui est censée nous protéger de cette bande de poltrons, rajoute-t-il convaincu. Une seule lame bien affûtée suffirait à faire plier toute l'île ! Si le gouverneur cherche des amateurs, je me porte volontaire pour leur faire goûter notre fer!

— Bonne idée ! rajoute le second marin qui l'assiste dans sa tâche.

Et tout en vérifiant le bon alignement du tronc avec le reste de la palissade, il ajoute :

— Mais on ferait mieux de leur apprendre à chercher de l'or ou à bâtir des murailles, cela nous éviterait d'avoir à le faire nous-mêmes.

Une fois le tronc en place, les deux marins s'assoient à même le sol et vidant la gourde de vin qui leur est attribuée, l'un d'entre eux continue:

— Nous devrions également leur apprendre à produire du vin et si possible, meilleur que celui laissé par l'Amiral. J'espère qu'à son retour, il pensera à nous en charger dans la cale.

— Et avec quel argent ? Si tu comptes sur les trois babioles qu'il a rapportées et les quatre perroquets qui braillent, mieux vaudrait se mettre à l'ouvrage immédiatement et planter des pieds de vigne, rétorque le second marin en pouffant de rire.

Des éclats de rire surgissent alors non loin de là. Un groupe de jeunes Indiens, en partie camouflés par des bosquets, regardaient à distance les deux Espagnols qui se sont habitués à ces spectateurs craintifs. Certains ont le visage peint en rouge, d'autres en blanc ; tous sont entièrement nus comme un ver, hommes comme femmes. L'une d'entre-elles, bien qu'aussi réservée que ses coreligionnaires, est légèrement détachée du groupe et voyant cela, un des marins empoigne sa besace qui contient les verroteries et glisse à son compatriote :

— Je m'absente un moment, si quelqu'un me cherche dis-lui que je suis un brin malade, mais devrais revenir bientôt.

— Malade, malade, répète le second marin circonspect. Moi aussi, je vais être malade...

— Assez pour aujourd'hui, rentrons, déclare Luis de Torres en posant un dernier point sur sa feuille.

Le traducteur a travaillé toute la journée à rassembler tout le vocabulaire taïno et s'étonne de la furieuse inventivité dont fait preuve ce peuple pour désigner les éléments naturels, eux qui ne possèdent rien, ne disposent d'aucun métal et n'ont pas domestiqué le moindre animal. De nombreuses journées seront encore nécessaires pour parfaire ce travail, mais cette tâche passionne le jeune homme natif de Moguer et réserve bien plus de surprises que la longue traversée monotone que l'équipage des trois caravelles a dû subir. Se frottant la barbe, il laisse libre cours à ses pensées et indique à l'un des marins qui l'accompagne :

— Ce qui est étonnant et fascinant, c'est que les langues varient d'île en île. Le lexique que je suis en train de constituer ne sera probablement d'aucun usage lorsque nous arriverons à la cour du grand Khan. Et pourtant les commerçants ont bien dû établir un semblant de sabir pour pouvoir négocier, vendre et acheter...

Le second marin, uniquement présent pour accompagner Luis et dont les appétences linguistiques sont proches du néant, acquiesce vaguement de la tête et entendant des cris de foule au loin, sort l'épée de son fourreau et se précipite hors de la hutte du chef. Luis vérifie alors qu'il a toujours son poignard à la ceinture et, gardant une main dessus, rejoint son compagnon hors de l'habitation qu'il occupe alors.

Les deux Espagnols découvrent alors leur compagnon d'infortune, Juan, brandissant une croix faite de deux branches d'arbres.

— Seule la miséricorde offre le salut, entend-on alors.

Le visage rouge, le front parcouru de veines, les cheveux

gras, collés au front, l'homme que le gouverneur de la Nativité a autorisé à prêcher, est entouré d'une douzaine d'Indiens qui répètent tant bien que mal ses paroles et surtout la fin, déformé, tel un écho.

Relâchant son poignard, Luis regarde circonspect le second marin et commente :

— Les pauvres, j'espère qu'ils n'iront pas se faire embobiner. Allons-y, je dois encore faire un compte rendu au gouverneur. Inutile de s'attarder.

Et c'est sous le sifflement habituel de Luis que les deux hommes se faufilent hors du village et prennent la direction de la Nativité.

Posant un dernier mot sur le journal de la colonie, le gouverneur, Diego Don Arana, pousse un soupir de fatigue et voyant son adjoint, Pedro Don Gutierrez, attendant à l'entrée, il le hèle :

— Pedro, des nouvelles de notre traducteur ? J'espère que nos amis indiens ne l'ont pas réduit en soupe pour leur dîner. Il se fait tard et déjà le soleil se couche.

Se retournant, Pedro fait une moue et lui répond :

— Pas de nouvelles de Luis et de son garde, ni de notre zélote ce qui, personnellement, ne m'empêchera pas de dormir.

— Avez-vous suivi l'avancement des travaux de la palissade ? La colonie pourra-t-elle dormir sur ses deux oreilles cette nuit ?

— Ce n'est pas demain la veille que le chantier sera fini. Pour une raison qui m'échappe, les hommes n'ont pu réutiliser le bois du bateau et je commence à douter de leurs compétences : au rythme où l'on avance, plusieurs semaines seront nécessaires avant que tout ne soit fini.

— Il faut rester vigilant alors et on montera la garde nuit et jour tant que de nécessaire.

— Et espérons que les gardes seront plus sérieux que d'autres et ne disparaîtront pas à chaque frimousse avenante qui se présentera.

Un brin exaspéré, Don Arana pose la main sur l'épaule de son second et lui confie :

— Pedro, les 39 hommes restés sur l'île ne sont pas des catéchumènes, que grand bien leur fasse s'ils se lient d'amitié avec la gent féminine locale. D'ailleurs si cela permet de faciliter la communication et de nous révéler l'existence de quelques cités d'or, tant mieux !

— Amitié, amitié, ce n'est pas une amitié qui se crée, mais c'est une débauche généralisée d'autant que cela se monnaie contre des babioles de verre !

— Pedro, mon ami, restez calme. N'oubliez pas que jouir en payant, c'est jouir sans pécher. Je préfère cela plutôt que mes hommes s'adonnent à quelques actes répréhensibles. Tant que les escapades qu'ils mènent ci et là ne les empêchent pas de mener à bien notre œuvre au nom de la Couronne de Castille, que grand bien leur fasse ! Nous sommes des précurseurs, une fois rentrés en Espagne, les exploits de Don Cristobal vont faire rêver les cours d'Europe.

— Oui, probablement... répond, circonspect, Pedro de Gutierrez.

Un brin exaspéré par le manque d'enthousiasme de son compagnon, le gouverneur coupe court à la conversation et lui somme d'aller quérir le médecin. L'homme s'éloigne, traînant le pas.

— Il n'avait qu'à rentrer en Espagne, se murmure-t-il. Toute cette noblesse qui n'aspire à rien si ce n'est qu'à critiquer, cela m'exaspère.

Arrive alors le médecin. Content de s'être débarrassé de

son second, le gouverneur questionne l'homme de science :

— Docteur, contez-moi des bonnes nouvelles sur la santé de cette colonie. À peu près rien ne fonctionne ici si je dois en croire les conversations que j'ai eues ci et là. Comment vont nos malades ?

Regardant d'abord de part et d'autre si son diagnostic peut être entendu, le médecin explique alors :

— Pour être franc, je ne saurais m'engager sur un diagnostic précis et définitif : les malades ne se plaignent d'aucune douleur et s'ils n'avaient ces taches roses, je pourrais même m'avancer à dire qu'ils se portent comme un charme. Mais par précaution, il faudrait vraiment les écarter des autres marins.

Le gouverneur reste pensif un instant, passant la main dans sa barbe. Après s'être raclé la gorge, il reprend :

— Soit, n'attendons plus. Demain dès l'aube nous commencerons la construction d'un deuxième dortoir.

Puis, après un silence, il continue :

— Parlez-moi des feuilles dont ils inhalent la fumée. Serait-ce un stratagème fomenté par nos Indiens ?

— J'en doute vue que les Indiens inhalent cette même fumée, répond le médecin en faisant une moue de circonspection. Toutefois je suis formel sur le caractère psychotrope de la plante : nos hommes et les Indiens qui partagent cette fumée sont pris d'une sorte d'ivresse. L'un ou l'autre avait les yeux rouges, mais cela s'est estompé avec le temps.

— Si ce n'est que cela ! commente Don Arana, faussement rassuré.

— Toutefois je tiens à vous rappeler qu'une autre plante, le chanvre, a fait l'objet d'une bulle papale voici quelques années et passe pour une plante de Satan. L'un ou l'autre esprit retors ne tardera pas à associer les deux plantes.

— Si cela permet à nos hommes de mieux supporter leur

séjour ici, nous devons apprendre à tolérer cette plante, mais je vous enjoins de suivre scrupuleusement les consommateurs de cette plante. Instaurer un régime martial relève de l'utopie. En revanche si cette plante est un stratagème et nous rend réellement vulnérables, il faudra s'atteler à ce problème.

— Soit, répond le médecin impassible, je vais suivre cela. Puis-je disposer ?

— Oui, et si vous croisez notre traducteur, dites-lui de venir au rapport. La nuit, déjà, tombe et je voudrais savoir où en sont ses travaux.

Ce n'est que bien plus tard, lorsque la lumière du jour ne permet plus au gouverneur de relire le journal qu'arrive le traducteur, sifflant une mélodie de trois notes.

Alors attablé, le gouverneur invite le traducteur, Luis de Torres, à s'installer face à lui :

— Mon cher Luis, enfin, rejoignez-moi ici. D'aucuns ont des talents de cuisinier et nous ont concocté un ragoût succulent. Je ne saurais vous dire quels animaux nos marins ont sacrifié, mais tant qu'il ne s'agit pas de poisson, cela me convient !

Luis pose sur la table une bourse chargée à laquelle le gouverneur feint de ne porter attention. Sur un geste du gouverneur, un marin flanque une assiette face au traducteur et le sert.

— Le chef Guacanacaric vous salue et vous offre ces quelques présents, commence-t-il tout en désignant de la tête la bourse qu'il vient de poser.

Arrêtant net sa déglutition, le gouverneur lève aussitôt les yeux vers le traducteur et ne sachant plus cacher son intérêt, lui demande :

— De l'or, est-ce qu'il y a de l'or ?

— Oui, répond le traducteur impassible.

— Beaucoup ?

— Ce n'est pas l'adverbe que j'utiliserais, répond-il tout en avalant une première cuillerée de soupe.

Se saisissant de la bourse de la main droite, le gouverneur un brin intrigué la vide sur la table et cherchant dans la pénombre des lueurs du métal précieux, n'y trouve que quelques bijoux.

Il relève les yeux vers Luis, qui continue, impassiblement de manger et commente, ironiquement :

— Laissez-moi vous dire que vous n'avez pas dû faire grande impression auprès du chef du village. Le *Don est* reparti les bras bien plus chargés que vous.

— L'or n'a jamais fait partie de ma mission et d'ailleurs, j'aurais probablement refusé si vous me l'aviez proposé. Si vous souhaitez utiliser les Indiens à cette fin, vous devriez demander à Juan et sa colonne de flagellants. Il semble bien plus doué que moi et probablement n'importe qui dans l'île concernant l'art de la manipulation.

— Bien, je crois que je vais me coucher, demain sera un autre jour, répond le gouverneur désormais désabusé.

Et se levant, il prend la direction de sa hutte.

La nuit est déjà bien avancée lorsque Don Arana se réveille dans son hamac. La Nativité n'est alors habitée d'aucun bruit si ce n'est le ressac qui berce la première nuit des 39 marins sur l'île. L'homme se retourne maladroitement dans son cordage et pose enfin un pied-à-terre.

— Quelle drôle d'invention tout de même ces lits, je ne sais si je m'y ferai un jour, pense-t-il lorsque enfin il se relève.

Pris d'étourdissements, l'homme marque une pause et lorsque le décor autour de lui cesse enfin de flotter, il pousse un semblant de porte et inspire profondément une fois dehors. Il se dirige alors vers le feu qui n'est plus qu'un amas de braises vivotantes, jette dessus des branches sèches et constatant que le crépitement provoqué n'a même pas éveillé une réaction de la part des gardes, il se dirige vers eux. Les deux premiers à l'entrée de la colonie sont affalés contre des troncs coupés pour bâtir la palissade et ce n'est qu'après l'avoir secoué que le premier se réveille. Quittant bruyamment son rêve, il réveille son coreligionnaire qui s'apprête à subir le même traitement de la part du gouverneur.

— Messieurs, vous n'êtes pas censés dormir pendant votre tour de garde. Nous en reparlerons demain, leur dit sèchement le chef de la colonie.

Les quittant aussi, le gouverneur prend la direction opposée à la rencontre des trois autres factions.

Constatant que les deux marins situés à l'est de la colonie sont également en train de dormir, l'homme s'approche d'eux afin de les réveiller lorsqu'il entend soudainement un gémissement dans la nuit. Il met la main sur son poignard, le fait sortir lentement, sans un bruit, de son fourreau et tend l'oreille.

Reconnaissant ce qui lui semble être des chuchotements espagnols, il s'apprête à aller à leur rencontre lorsqu'il entend une troisième voix, celle-là plaintive. Restant dans la pénombre qui l'a jusqu'à présent protégée, il marque une pause, reste figé et placide, tend l'oreille afin de tenter d'identifier la conversation.

S'avançant d'un pas, il fait basculer un tronc d'arbre et tentant de le rattraper, tombe à son tour au sol. Effrayé par le bruit sourd causé par le lourd morceau de bois, le groupe d'hommes sursaute et se sépare aussitôt, prenant deux directions opposées. Au sol, le gouverneur voit passer devant lui un jeune Indien qui, le découvrant, bifurque. L'homme saisit son poignard tombé non loin de lui, le rengaine et prend en chasse l'adolescent.

L'Indien puis le gouverneur passent l'entrée nord de la colonie dont les gardes ne sont pas plus éveillés que les autres et qui, probablement éméchés, ne réagissent pas lorsqu'ils voient la course-poursuite qui se déroule devant eux.

L'adolescent courant entièrement nu, mis à part les bijoux qu'il porte aux poignets et aux chevilles ne tarde pas à distancer le gouverneur qui est bien moins svelte. Ce dernier renonce alors lorsqu'il le perd définitivement de vue. À l'arrêt, haletant, il repense à sa jeunesse en Andalousie où il avalait avec aisance les kilomètres pour aller livrer du lait à la ville voisine. Entendant un hurlement qui retentit dans la forêt, il dégaine son poignard et hâte le pas dans sa direction.

En sueur, il découvre alors le jeune Indien au sol, respirant avec difficulté, se tenant la cheville. Terrifié, l'adolescent regarde à droite, à gauche, souhaitant trouver une issue, mais le moindre mouvement provoque une douleur qui lui fait fermer les yeux.

— Qu'as-tu volé ? Que cherchais-tu en pleine nuit chez nous ? hurle avec rage le gouverneur qui ne doute pas un instant que l'Indien ne comprend rien.

Ce dernier prononce alors des paroles incompréhensibles et lorsque le gouverneur voit que l'Indien tient à sa main une bourse, il se saisit de son poignet et le presse jusqu'à ce que l'adolescent le lâche en poussant un cri.

— Voleur, tu n'es qu'un minable petit voleur, prononce le gouverneur, la bave aux lèvres, condescendant.

Il dessert alors les lanières qui ferment le sac de cuir et déversant son contenu dans le creux de sa main, voit, dépité, rouler les verroteries sans valeur, distribuées par les Espagnols.

Le gouverneur fait un pas en arrière, circonspect, jette la

bourse aux pieds de l'Indien, apeuré. La lumière de la lune aidant, l'adolescent est alors face à lui, parfaitement éclairé. Chacun de ses mouvements trahit ses muscles noueux.

— Il doit probablement chasser ou pêcher fréquemment, ou alors ce doit être un soldat, se dit le gouverneur. Mais quel piètre soldat dans ce cas !

Toujours est-il que le gouverneur n'aurait eu aucune chance de l'attraper si cette pierre émoussée ne l'avait arrêté dans sa course.

Regardant les chevilles de l'adolescent, il constate alors que ce qu'il a pris pour des bijoux sont en fait de la corde. Ses poignets également ne sont pas pourvus de bijoux, mais d'un bracelet de cordes.

Voyant que l'Indien ne peut pas être bien dangereux, le gouverneur fait un pas en avant et s'accroupit afin de regarder de plus près ces cordes.

Cette corde est espagnole, pour sûr, constate le gouverneur. Le matériel, la façon de tisser, tout porte la marque ibérique. Quelle drôle d'idée de porter cela en bijou ! Conclut-il, étonné.

En y regardant plus attentivement, il constate que la corde est en fait bien trop serrée. Et cette façon de nouer... espagnole une nouvelle fois, pas indienne. Cette corde n'est pas là en signe de décoration, mais pour emprisonner.

Le gouverneur lève les yeux vers l'Indien qui toujours apeuré halète bruyamment. Il empoigne brusquement son poignard, ce qui fait sursauter l'adolescent. De la pointe, il sectionne les cordes aux pieds puis aux poignets de l'adolescent et se relève enfin.

— Mon pauvre ami, j'ignorais que mes frères sont à moitié fous. Ou alors c'est peut-être votre fumée... adieu !

Replaçant le poignard dans son fourreau, il rebrousse chemin et laisse en plan l'Indien, qui déjà se relève en claudiquant.

Se frayant péniblement un chemin dans la forêt, Don Arana manque de peu de glisser dans un ravin. Encore préoccupé par ce qu'il a vu, il n'a pas pris garde au chemin qui doit le ramener sur ses pas. L'homme marque alors un arrêt et pose une main contre un arbre qu'il retire très vite.

— Cette île est décidément pleine de surprises, se dit-il. Cet arbre suinte une sorte de poix. Si celle-ci s'avère inflammable, j'aurais bien quelques idées d'utilisation.

Sa réflexion s'arrête lorsque des voix se font alors entendre non loin de lui. Sans un bruit, il s'accroupit et respirant lentement il se met à l'affût d'un mouvement. Devant lui, une demi-douzaine d'Indiens marchent d'un pas rapide. Deux d'entre eux portent sur leurs épaules une branche à laquelle est ficelé un animal. Un rayon de lune aidant, l'Espagnol découvre avec stupéfaction que les porteurs sont en fait des femmes.

— Ce pas léger, ce mouvement des hanches, le timbre de ces voix, c'est évident, pense-t-il à ce moment-là.

Tenant le groupe à bonne distance, il le suit lentement tout en veillant à ne pas se trahir dans cette nature luxuriante.

Au bout d'un quart d'heure de pistage, il sent un vent frais lui caresser les joues. Puis, l'Espagnol reconnaît au loin le bruit des vagues qui viennent mourir sur la plage. Enfin, il distingue un canoë laissé sur la rive que les chasseurs sont en train de charger.

Détaillant un à un les chasseurs, il s'étonne de ne voir que des femmes. Plus habillées que les tribus qu'il a jusqu'alors rencontrées, athlétiques, il est confondu par l'aisance avec laquelle ces dernières effectuent des travaux qu'il considère comme masculin. Aucun homme, même le donneur d'ordre est une femme. Un cas de matriarcat comme Don Arana l'a déjà rencontré au cours de cabotages effectués près de l'embouchure du fleuve Niger.

Encore étonné par sa découverte, l'homme s'interroge alors sur le gibier que ces chasseuses ont pu capturer. Leur colis à terre, l'une d'entre elles s'empressent de défaire les liens qui le tiennent attaché au morceau de bois. Libérée, la bête bondit et ce qu'il a pris pour un cochon sauvage est, en fait, un Indien qui court dans sa direction.

Stupéfait, les jambes engourdies par la position dans laquelle il est recroquevillé, il esquisse une fuite puis se ravise très rapidement, ne voulant se mettre à découvert.

Une chasseuse prend en chasse l'Indien, bondit sur lui et probablement encore étourdi, l'otage est rapidement rattrapé par cette dernière qui le maintient au sol en lui pressant le crâne de son genou. À bout de forces, l'Indien, à quelques coudées du gouverneur, lui laisse découvrir des plaies aux poignets et aux chevilles qu'il reconnaît immédiatement. Rejoint par les autres chasseuses, le captif est ligoté et emmené pour de bon dans leur canoë.

Se mettant à chanter en groupe, l'embarcation chargée prend le large et c'est un gouverneur abasourdi qui reste sur la plage.

Le cœur battant à tout rompre, il respire avec difficulté et regardant à sa gauche il voit au loin la Nativité qui n'est qu'à une poignée de lieues.

2ème jour

À l'aube, alors que les premiers rayons du soleil percent les quelques imperfections de la hutte des marins, une ombre pénètre brutalement dans celle-ci et annonce d'un ton sec :

— Messieurs, debout. Le gouverneur vous demande à tous de vous habiller au plus vite et de nous rejoindre dehors.

Le marin le plus proche de l'ombre lui rétorque :

— Il fait nuit encore ! Est-ce bien utile de se presser de la sorte ?

— Je vous répète l'ordre du gouverneur. Merci de ne pas discuter les consignes. Vous avez cinq minutes pour vous habiller, rajoute-t-il avant de quitter la hutte.

Remuant dans son hamac, le jeune Francisco, natif de Séville, regarde son voisin et commente, ironiquement :

— Bon sang, cela devient le bagne ici ! On a quitté une galère pour en retrouver une autre. Le gouverneur et son sbire feraient mieux de se détendre.

Laissant les autres hommes sortir, Francisco attend de voir la hutte se vider pour enfin se lever. Plutôt que de se diriger vers la lumière, il empoigne une pipe de confection indienne et la tendant vers un autre compagnon retardataire commente :

— Dans mon village, nous avions une façon bien particulière de gérer les problèmes : avant toute discussion houleuse, nous commencions par boire un élixir qui délie les langues et les esprits, chasse pusillanimité et couardise[1]. Les débats étaient... francs mais au moins il n'y avait pas de place pour les hésitations, les changements soudains de cap et toutes

---

1   Emprunt de l'auteur à Shakespeare

ces particularités si chères à la gent politique.

S'asseyant à même le sol, il invite son compagnon à l'imiter et continue sa rhétorique :

— Ici, pas d'élixir, quant au vin emmené d'Espagne, il me répugne ! J'aurais dû soupçonner quelques vices cachés dans le contrat d'un pirate génois. Quant à notre naufrage, j'aurais bien quelques révélations à faire si le Don rechigne à nous arrondir notre salaire !

Le regard narquois, son coreligionnaire s'assoit et lui répond :

— Avoue que cela t'arrange de ne pas rentrer !

— Figure-toi que j'ai une femme et des enfants qui m'attendent. 25 travées de terre et 24 oliviers dont plusieurs sont centenaires...

S'imaginant les lieux, il lève les yeux et esquisse un sourire.

Visiblement peu convaincu, son voisin s'apprête à commenter ses propos lorsqu'il est coupé par Francisco :

— Bref, pas d'élixir, mais cette invention ô combien brillante, le *tabaco*, précise-t-il en tendant la pipe indienne.

Froissant quelques feuilles de tabac posées à côté de lui, il fourre maladroitement la pipe et après l'avoir allumée la tend à son voisin :

— À toi l'honneur !

Inhalant profondément, l'homme se fige un instant et recrache la fumée par saccades. Il tend la pipe à son voisin et les deux hommes continuent leur rituel, ignorant les débats qui ont lieu au-dehors.

Des clameurs sourdent depuis le centre de la Nativité où

se sont rassemblés tous les hommes de la colonie. Mettant un point final aux discussions, Don Arana descend de la caisse sur laquelle il s'est juché et s'éloigne du groupe avec son second, Pedro, qui note nonchalamment des remarques de son supérieur.

Les deux Francisco, jusqu'alors affairés à déguster leur élixir, rejoignent enfin le groupe et découvrent la teneur des débats :

— Ils sont gonflés ces écrivailleurs, ils restent paisiblement à l'ombre et voudraient qu'on leur bâtisse un fort, commente un marin.

— Quant à leur soi-disante menace, laissez-moi rire. Ils sont devenus paranoïaques. Ces Indiens sont des pleutres à la force d'un enfant. Ils se déplacent nus comme un ver, ne disposent pas d'armes, de métaux... et il faudrait les craindre ! rajoute le second marin.

— Le seul qui soit content est Juan, il pourra continuer à prêcher !

— Un bon débarras ! À part réciter du latin, je ne lui connais aucune qualité, commente Francisco à voix basse.

— Creuser ne requiert que peu de compétences. Nous aurions pu lui confier l'édification de latrines... rajoute le second Francisco.

Rejoint dans leur discussion par le second du gouverneur, la discussion s'arrête pour laisser placer aux ordres :

— Messieurs, vous six rejoignez la palissade !

Et se tournant vers quatre autres hommes :

— Et quant à vous, vous aurez pour charge de bâtir un second dortoir.

À voix basse, un homme glisse aux Francisco :

— Les pestiférés à l'écart. Faudrait pas qu'ils nous transmettent leur rosée.

— Ce serait le vin qui leur sortirait par la peau que cela ne m'étonnerait pas, commente joyeusement un des Francisco.

— Bon, à nous deux la palissade ! lance faussement joyeux le second Francisco. Au nom de la reine, vous autres hommes nus, tremblez !

Et ainsi chaque marin rejoint ses attributions.

Voyant le gouverneur plongé dans une ardoise de compte, Juan, le traducteur se racle la gorge afin de signaler sa présence. Le gouverneur reste impassible, son œil vire à gauche, il recopie un chiffre à droite, continue sa tâche et rumine :

— Quelle bande d'incapables, même les additions sont fausses !

Juan, gêné et ne voulant être témoin des états d'âme de don Arana, se racle à nouveau la gorge et s'avance timidement d'un pas.

Le gouverneur quitte enfin ses comptes, lève les yeux et lorsqu'il découvre le traducteur, son visage d'abord crispé esquisse un sourire.

— Juan, enfin, prenez place ! lui indique-t-il en désignant une souche d'arbres.

Juan, étonné de la soudaine cordialité de l'homme, s'assoit, circonspect. Le gouverneur reprend, sur un ton enjoué :

— Nous n'avons pas eu le temps de dresser un bilan de votre journée d'hier.

— Concernant l'or, je n'ai guère de nouveautés à vous indiquer, bégaie le traducteur.

— Juan... commente le gouverneur sur un ton apaisé en

se levant de sa chaise. Juan, l'or est une chose, mais nous avons une mission bien plus grande !

Le gouverneur est un atrabilaire ! Ce ton enjoué, pour sûr qu'il va me demander quelque chose ! se dit le traducteur en le suivant des yeux.

— Savez-vous que je dois tenir un journal quotidien de nos activités et tout ce qui est au service de la double couronne espagnole mérite d'être mentionné.

Quelle girouette ! pense le traducteur. *Hier, il n'avait d'yeux que pour le métal jaune et soudain il aurait changé d'avis ? Je m'en vais satisfaire la couronne.*

— Je n'ai encore eu guère le temps de m'attarder sur les us et coutumes des Indiens, l'étude de leur langue m'a pour l'instant accaparé, explique Luis.

— C'est bien normal, dites-moi ce que vous avez découvert sur leur langue alors.

Où veut-il en venir ? pense à ce moment-là le traducteur. Celui-ci reprend, circonspect :

— Je n'en suis qu'au début, mais je peux d'ores et déjà affirmer que la langue taïno n'a que peu de points communs voire aucun avec les langues européennes ou sémitiques. Son vocabulaire est complexe, riche. Les produits de la nature possèdent de nombreuses variantes qu'ils déclinent en fonction de l'aspect, la couleur, leur humeur ou l'interlocuteur. Je ne suis pas sûr que l'on puisse un jour arriver à saisir totalement ces subtilités.

Le gouverneur signifie son intérêt par un hochement de tête.

— Cet homme est étonnant, il change d'humeur comme de chemises, se dit Luis. Puis il continue son discours :

— De hiérarchie, je n'en ai vu de traces. Tout se décide de manière collégiale. De même la notion de propriété n'existe pas, tout est commun et mis en commun. Il faut dire que la nature leur offre tout ce dont ils ont besoin.

Voyant l'intérêt que porte le gouverneur, le traducteur

poursuit :

— D'ailleurs, j'ai l'impression qu'ils exècrent posséder. La seule exception qui m'a été donnée de voir est le chef, Guacanaric. L'Indien possède sa propre hutte qu'il a, par ailleurs, mise gracieusement à ma disposition. Et en lieu et place d'une femme, il en possède...

— Plusieurs ? coupe le gouverneur, sourire malicieux aux lèvres.

— Oui, et c'est à la limite de l'indécence de vous indiquer le nombre, reprend Luis.

— Combien ? reprend le gouverneur, visiblement intéressé par le sujet.

— Je ne les ai pas dénombrées mais je dirai une bonne vingtaine.

Amusé, le gouverneur rajoute :

— Je commence à comprendre son air fatigué. Ce n'est pas la charge ni les soucis qui lui creusent des rides.

— Au-delà de son appétit pour la gent féminine, il est d'une gentillesse extrême. Avec les Européens comme avec ses congénères.

Reprenant le commentaire du traducteur, le gouverneur Don Arana reprend :

— Je préférerais qu'il soit moins gentil mais ne réponde pas systématiquement par l'affirmative quand on le questionne. C'est en tout cas de précieux renseignements que je note avec intérêt. Autre chose ? Des armes ?

— Les Indiens, du moins pour ceux que j'ai pu côtoyer, ne possèdent pas d'armes. Lorsqu'ils doivent pêcher, ils se munissent de roseaux coupés au bout desquels est fixé un morceau de bois pointu.

— Empoisonné ?

— Je ne saurais le dire. Je les ai vus partir à la pêche ou la chasse avec, en revanche je n'ai pas assisté aux préparatifs.

Se frottant la barbe, le gouverneur fait une moue de circonspection et, penseur, laisse un silence s'installer. Se sentant en confiance, le traducteur continue :

— Autre chose : j'ai eu l'occasion de croiser Juan et son zèle religieux. Je ne voudrais pas interférer dans les consignes que vous lui avez données, mais pour avoir vu ce qui s'est passé à Grenade, où des hommes et leurs savoirs, leurs compétences, se sont évaporés du jour au lendemain, je ne trouverais pas judicieux de reproduire le même schéma.

Dubitatif, le gouverneur commente :

— Notre but n'est pas de faire fuir les Indiens, mais si nous pouvons leur apporter la vraie foi du Christ, cela satisfera la reine et abondera dans le bien-fondé de notre expédition. Douteriez-vous du message du Seigneur Jésus-Christ ?

— Je ne doute pas du message, c'est plutôt le messager...

— Bref, coupe brutalement le gouverneur.

Et reprenant la discussion :

— Pourriez-vous vous renseigner auprès de nos amis Indiens sur les autres tribus présentes sur l'île ?

— D'autres tribus ?

— Oui, des tribus qui pratiquent des razzias à la manière des Barbaresques. À défaut de nous aider dans la recherche d'or, il pourrait au moins vous renseigner là-dessus.

— Voilà le gouverneur revenu, *se dit le traducteur*. Luis reprend alors :

— Bien, c'est noté. Voilà mon rapport terminé. Si vous le permettez, je souhaiterais partir continuer à œuvrer à ma tâche. J'ai encore beaucoup de travail et le soleil se couche tôt en cette saison.

— Faites Luis Juan, répond le gouverneur.

Faisant un signe de déférence de la tête, Juan laisse le

gouverneur qui sitôt retourne à sa comptabilité.

Relevant les yeux, le gouverneur interpelle Luis :

– Au fait Luis ?

– Oui, répond le traducteur avec déférence.

– De grâce, arrêtez de siffler ou alors apprenez des mélodies. Vous n'avez que trois notes à votre répertoire, c'est pénible.

Luis acquiesce et s'éloigne. Une fois hors de vue, il soupire en repensant aux informations transmises par le traducteur :

— Nous ne tirerons rien de ces Indiens. Si le Don revient et que je n'ai que des déclinaisons de fruits à lui apporter, cela en sera finit de ma Carrière à la cour.

Et jetant un œil à gauche, il continue la comptabilité qui a été interrompue à l'arrivée du traducteur.

Tout en sifflant, Luis tourne le dos au gouverneur et jette sur son épaule le sac qui contient les différentes notes de travail qu'il a prises jusqu'alors. Accompagné d'un marin, il prend la direction du village marien de Guacanaric, passe devant ses camarades marins qui sont alors affairés à la palissade, les saluant brièvement. Alors qu'il s'apprête à s'enfoncer dans la forêt, le jeune Andalou sourit lorsqu'une poignée d'Indiens, un temps caché dans des bosquets, prennent la fuite à son approche. Son compagnon, inquiété un premier temps, abandonne la poignée de l'épée qu'il a saisie lorsqu'il constate que la menace n'est qu'une bande d'adolescents.

La tension remonte d'un cran lorsque des branchages craquent dans un buisson. L'épée sortie du fourreau, se rapprochant, le traducteur interpelle le ou les Indiens.

Étonné de n'avoir aucune réponse, Luis, tout en gardant un œil sur sa cible, saisit une pierre qui est à terre et la jette en direction du bosquet.

Une pluie d'injures espagnoles jaillissent alors des buissons et, surpris, c'est un gaillard andalou, main sur la cuisse que découvrent le traducteur et son accompagnateur.

— Vous êtes des hommes dangereux, vous auriez pu me tuer avec votre pierre ! lance, énervé, Domingo.

Passablement énervé, Luis rengaine son arme et le coupe :

— Pourquoi te caches-tu dans ce bosquet ?

— Je ne me cache point monsieur le Métèque, répond indolemment l'homme.

— Et si tu ne te caches point que fais-tu alors ?

— Ce que chaque homme a besoin de faire régulièrement, même un roi, aller aux latrines, pardi !

— Si loin de la Nativité ?

— Nous sommes à seulement une centaine de toises ! se défend-il en désignant de la colonie.

— Et tu avais besoin de la présence de ces adolescentes ?

— Quelles adolescentes ?

— Des Indiennes, une demi-douzaine !

— Pas vues, répond-il sèchement.

Circonspect, Luis se retourne vers le marin-soldat et conclut :

— Allons-y, nous ne sommes pas en avance et devons rejoindre le village pour continuer mon travail de traduction.

Et se tournant vers le blessé :

— Tu devrais vite rejoindre le village pour te faire soigner, cela pourrait empirer.

Et jetant son sac sur le dos, Luis et le marin-soldat

reprennent leur route.

Se frayant un chemin dans la jungle luxuriante, les deux marins suivent la voie qu'ils ont empruntée la veille. À intervalles réguliers, des marques sur les troncs de certains arbres leur servent de points de repère et les confortent sur leur direction.

Malgré toutes ces précautions, ils se rendent rapidement compte que, pourvus de qualités indéniables pour s'orienter en mer, ils s'avèrent de piètres marcheurs. Et cette nature si riche, si dense, si différente de leur Andalousie natale ne leur facilite pas la tâche.

Posant un pied sur un rocher chancelant, le compagnon d'infortune de Luis manque de chuter.

— Gare à la glissade, une cheville foulée ici est pire qu'une rage de dents. Arrêtons-nous le temps de se reposer et... réfléchir, indique le traducteur.

— Nous avons été imprudents de nous aventurer sans guide indien dans cette forêt. Nous retrouverons nos restes dans cent ans et nous servirons d'exemple pour tous les enfants qui voudront aller s'amuser seuls en forêt.

Tendant l'outre d'eau à son voisin, celui-ci décline :

— Je ne veux pas de ton eau, c'est du vin dont j'ai besoin.

Et mêlant le geste à la parole, le garde ingurgite une rasade de breuvage espagnol.

Amusé, le traducteur tape sur l'épaule de son voisin lorsqu'il entend un rire étouffé.

De concert, les deux Espagnols se lèvent et dégainent leurs épées. C'est alors que Luis lance quelques mots dans un sabir qui laisse perplexe son voisin.

Se dévoilent alors des fourrés deux enfants taïnos dont l'un porte un M dessiné en blanc sur le front.

Rangeant son épée et invitant son voisin à faire de même, Luis se penche vers les deux enfants et commente à son coreligionnaire espagnol :

— Voici nos guides, Migua et son ami.

Stupéfait, le garde voit alors s'engager des échanges entre le traducteur et deux enfants. Après une discussion, mélange d'espagnol, de langue taïno, de mimes et de rires, le traducteur se tourne vers le second Espagnol :

— En route, sauf erreur, ils vont nous mener au village.

— Sauf erreur ? répète le garde.

— Sauf erreur, répète Juan de l'affirmative.

Un quart d'heure plus tard, c'est accompagné des chants de deux enfants taïnos que les deux Espagnols ont enfin atteint le village.

Épiés par les centaines d'yeux des villageois calfeutrés derrière un tronc, un panier, quoi que ce soient qui puissent les rassurer, les deux Espagnols sont bientôt rejoints par un groupe d'enfants qui les accueillent aux sons de « *Arijua, Arijua* », visiblement heureux d'avoir la visite de ce qu'ils considèrent comme des Dieux de la mer. L'un, plus courageux, se rapproche et après avoir touché Juan, repart en courant. Il se fait aussitôt sermonner par des adultes qui craignent la réaction de leurs hôtes. Ci et là des femmes, fascinées, fixent d'un regard qui ne permet pas le doute le jeune traducteur ou le garde espagnol. Juan avale sa salive et stoïque, désigne la tente du chef à son ami :

— Rejoignons la hutte du chef. Avec un peu de chance, nous pourrons l'y trouver et il nous laissera alors continuer notre travail.

Souriant aux jeunes adolescentes, les Espagnols détournent enfin leur regard et voient au loin le chef, Guacanaric.

Mettant un point final à ses comptes, le gouverneur quitte son siège et soupire. Il s'étonne encore du peu de victuailles qui ont pu être récupérées de la Santa Maria. L'Amiral des mers l'aurait-il trompé ou alors serait-ce les Indiens ou ses compatriotes qui auraient prélevé leur dîme sur la cargaison ? Vu les quantités, il soupçonne plutôt que des restes importants gisent encore au fond la baie. Lorsque la situation sera plus sûre et qu'ils disposeront de bateau, les Espagnols pourront constituer une équipe qui ira sonder les fonds.

Voyant face à lui le panier fait de feuilles de palmiers tressés offert par le cacique Guacanaric, il y plonge sa main dedans et saisit une sorte de petit pain rond.

Soupçonneux, il le hume et constate que le cadeau de la veille a gardé tout son parfum. Dégustant ce que les Indiens désignent par *cazavi*, c'est-à-dire de l'igname, il grommelle :

— Leur pain n'a rien à envier au nôtre et il a l'avantage d'être frais. Le goût s'apparente à de la châtaigne... mais ce n'est pas mauvais. Et au moins, cela change des galettes infectes que nous a laissées l'Amiral.

Voyant au loin les marins s'échinant sur la construction de la palissade, le gouverneur les rejoint, pain d'igname à la main.

Les marins, aussi peu expérimentés sont-ils dans le domaine, s'avèrent de bons bâtisseurs et le gouverneur constate avec satisfaction que la colonie prend forme petit à petit. Au rythme actuel, la colonie pourrait bientôt être protégée. Les deux entrées prévues faciliteront les gardes de nuit en limitant le nombre de marins réquisitionnés.

Voyant que tout le bois est issu de la forêt haïtienne, le gouverneur se dirige vers le responsable de chantier, Antonio, alors occupé à tracer des lignes de coupe sur les troncs.

— Antonio, mon ami, l'interpelle-t-il. J'ai la nette impression que les travaux avancent à grand train !

— Pas aussi vite que je le souhaiterais mais cela avance ! À cette allure, nous pouvons espérer avoir une colonie protégée d'ici 50 jours.

— 50 jours ? Pourquoi est-ce si long ? Inutile de prévoir des ponts-levis ou des mâchicoulis... ou alors dans un second temps !

— 50 jours, c'est pour l'essentiel. Mais maintenant que vous me proposez cela, je ne trouverai en fait pas inutile de dresser des tours de guet au quatre coins de la colonie. Elles permettraient de surveiller les environs. J'ai, d'ailleurs, jeté quelques croquis si...

L'interrompant, le gouverneur réoriente la discussion sur le sujet qui l'intéresse :

— 50 jours, pourquoi est-ce si long ?

L'homme fait une moue de mécontentement et reprend :

— Le problème est que l'on doit prélever le bois sur la forêt indienne. Certains outils nous manquent et les hommes sont des marins, pas des charpentiers.

— Et le bois du bateau ? Nous ne pourrions pas le réutiliser ?

Le charpentier esquisse un sourire :

— Vous rigolez ? Déjà au départ de Moguer, le bois des caravelles était en mauvais état. Ce n'est pas le calfeutrage de piètre qualité que nous avons fait à Las Palmas qui aura changé quoi que ce soit.

Voyant que le gouverneur n'est qu'à moitié convaincu, le charpentier continue :

— Il y a autre chose que vous devriez voir.

Et se dirigeant vers la chaloupe du bateau mis à sec, il pose un genou à terre et invite le gouverneur à se rapprocher :

— Regardez l'état de la chaloupe. Elle a à peine servi et

elle est déjà infestée de tarets, ces mangeurs de bois. Et j'en ai jamais vu de si voraces et de si grands de mémoire de marin.

S'avouant vaincu, Don Arana se relève et, une main sur l'épaule du charpentier, conclut :

— Bien, faites au mieux Antonio. Mais tenez-moi au courant de tout retard sur votre calendrier.

Pendant que le gouverneur s'en retourne à sa table de compte, le second Espagnol se relève et rejoint son équipe de travailleurs.

Comme la veille et à l'occasion de leurs précédentes rencontres, le chef du village marien, l'un des cinq royaumes de l'île, accueille ses hôtes avec grande pompe. Luis et son compatriote espagnol se voient l'objet de toutes les attentions. D'un signe de la main, le chef somme de faire tonner les tambours et c'est bientôt une haie d'honneur qui se dessine entre lui et le chef.

Avançant cérémonieusement à la manière de souverains, renvoyant leurs sourires aux Indiens, Luis et son compagnon sont gênés et enfin arrivés face au chef du village, Luis sort de sa besace un présent qu'il pose au sol.

S'engage alors un protocole qui émerveille Luis, mais lasse très rapidement son garde dont le regard bifurque rapidement vers des adolescentes qui se trémoussent devant ces deux Européens.

Au bout d'une bonne heure de parades, de chants indiens, de discours sibyllins, les deux Espagnols prennent enfin la direction d'une hutte où ils peuvent s'installer entourés de corbeilles de fruits et autres victuailles.

— Enfin fini le tralala, indique le garde du traducteur.

Luis opine de la tête à son compagnon et constate que les adolescentes les ont suivies à distance. Nues comme les autres habitants du village, recouvertes de dessins dont la signification reste un mystère, elles fuient, effarouchées, au moment où le garde de Juan veut les rejoindre.

Voyant le déhanchement voluptueux de la demi-douzaine d'Indiennes, Juan se sent envahi de doutes.

Cette île n'est pas un paradis. C'est un enfer. Comment résister à ces femmes qui ne portent rien sur elles, pas même un soupçon de honte. Ces femmes jeunes et désirables. Ces femmes qui possèdent tous les attraits de la jeunesse. Avec ces yeux qui pétillent au quidam européen.

Luis tourne le regard vers son compagnon et le voyant, sourire encore aux lèvres, bouche ouverte, reprend sa pensée.

Cette île est une tentation de Satan. Un supplice. Mais s'il se laisse aller, qui saurait ? Non, il doit se garder de tous écarts. Avoir en ligne son objectif. Ne pas être faible. Mais qu'il serait bon d'être faible. Aujourd'hui, il peut mener de front tous les sujets, il se sent fort. S'il vint à s'éparpiller, il deviendrait égoïste. Cela ne pourrait être une aventure de passage. Le bonheur d'un instant. Rien de plus. Oui, mais s'il succombe une fois, il succombera une seconde fois. Puis une autre. Et cela sans fin.

Pourquoi s'encombrer de cela quand la vie est si courte ? Et il ne veut rien posséder. Ni bien ni femme. Par le passé, il a déjà tout perdu. A été obligé de tout laisser. Tout abandonner. Tous ces efforts. Tout ce labeur. Pour rien.

Un pauvre type. Il n'est qu'un pauvre type et n'a tout le simplement pas le droit. Tout simplement.

Quittant ses pensées, Juan sort les notes de sa besace et rejoignant le sage du village, déjà assis au sol, reprend ses travaux de traduction.

∽

Dérangé par les craquements du perroquet que lui a abandonné l'Amiral des mers avant son départ, le gouverneur quitte sa chaise et se rapproche de l'oiseau.

— J'espère que tu feras fureur dans les cours européennes, lui confie-t-il. Sinon, l'Amiral ne trouvera pas de financement pour revenir et c'en est fini de nous.

Soupirant, le gouverneur saisit une carafe de facture indienne posée non loin de là, se sert et boit goulûment. Se raclant la gorge, il hurle le nom de son second, Pedro.

N'observant aucune réaction à son appel, il réitère l'appel.

Saisissant son chapeau, il se dit à lui-même :

— On n'est jamais mieux servi que par soi-même, allons voir où en est le second dortoir.

Se dirigeant à l'extrême nord de la colonie, il découvre alors une habitation de type indienne, d'ores et déjà achevée. Étonné, il pénètre dans le dortoir qui a vocation à accueillir les Espagnols qui présentent ces taches roses.

De taille plus réduite que l'habitation principale, celle-ci contient une huitaine de hamacs tendus dont certains sont déjà occupés par des marins. S'avançant dans la pénombre, il recule rapidement devant l'odeur fétide.

Devant le pas-de-porte, il voit le médecin arriver, va à sa rencontre.

Le saisissant par l'avant-bras, il l'attire à l'écart d'oreilles qui pourraient rapporter leur discussion.

— Diego, dit le gouverneur, rassurez-moi avec quelques

bonnes nouvelles sur la santé de nos marins.

— Mon cher gouverneur, je viens de concocter un onguent à base de mercure qui va les mener sur les voies de la guérison. Le mal est cependant complexe. Il ne correspond à aucun mal connu et ce n'est que dans quelques jours que je pourrais me prononcer.

— Vous ne me rassurez qu'à moitié, lui répond le gouverneur Arana.

— Je ne suis pas Simon le magicien. Si nous avions du sang bleu, si Saint-Louis était là, l'apposition de main et un signe de croix les guériraient probablement...

Le gouverneur passe la main dans sa barbe, reste pensif un instant puis reprend :

— En tout cas, cela ne les empêche pas de travailler. Ils ont bâti cette hutte en un temps record.

— Bâti, ou fait bâtir, répond ironiquement le médecin. L'intendance était indienne.

— Ce sont eux que je devrais envoyer chercher de l'or et pas Luis, continue Diego, les sourcils froncés. Notre traducteur nous dresse des listes de mots, mais du métal jaune, je n'en ai vu que le nom.

Marquant une pause, le gouverneur reprend :

— Ils sont bien plus persuasifs que Luis pour diriger les Indiens, je vais les affecter à des missions de terrassement, libres à eux d'employer la main d'œuvre qu'ils souhaitent. Et cela évitera de les mêler aux autres. Je ne veux ni les démoraliser, ni leur donner une quelconque occasion de ne pas travailler.

— Et cela évitera des risques de contaminations, continue le médecin. Même si nous sommes ignorants pour l'instant à ce sujet.

— Évidemment, confirme le gouverneur. On peut en reparler, mais plus tard. Il est l'heure de la sieste.

Il est une tradition à laquelle aucun Espagnol, même en ces latitudes, ne déroge : la sieste. Sitôt le déjeuner fini, un calme olympien s'installe dans la colonie et à l'exception des oiseaux sauvages et du ressac de la mer au loin, pas un bruit n'émaille la Nativité. Les gardes, avachis, ne veillent que d'un œil pendant que les autres marins sont bercés dans les lits des autochtones, les hamacs.

Le calme paisible est brisé par une altercation entre deux hommes, devant la hutte des marins. L'un d'entre eux, Gabriel, passablement énervé, les yeux rouges, injectés de sang, sort un couteau et menace son coreligionnaire :

— Jorge, l'île regorge de femmes et tu veux prendre la mienne ?

— La tienne ? répond Jorge moqueur. Elles sont à tout le monde les femmes ici. Je ne l'ai ni cherchée, ni souhaitée, c'est de son propre chef qu'elle est venue.

C'est le moment que choisit Francisco et son comparse du même nom pour sortir de la hutte et commenter :

— Les femmes indiennes font perdre la tête. Elles sont bien trop fascinées par nous, pauvres marins en guenilles, pour que cela se passe bien.

— Ce ne sera pas la dernière fois que l'on se battra pour une femme, répond prosaïquement le second Francisco.

Se jetant maladroitement sur l'homme, Jorge n'a guère de mal à esquiver l'attaque de son compatriote qui chute lourdement à terre.

— Les femmes rendent faibles. Sur mer, Gabriel est probablement l'un des meilleurs marins, mais sitôt le pied à terre, il est misérable, continue à commenter l'un des Francisco.

En retrait à l'ombre, le bras droit du gouverneur observe

la scène de loin, sans réagir. Son supérieur sort enfin de sa hutte, réveillé par les échanges musclés des deux marins.

Gabriel reprenant ses esprits se relève, se rue une nouvelle fois sur son collègue qui esquive, mais ne manque pas de se blesser. Son visage se crispe de douleur en même temps qu'une giclée de sang vient irriguer le sable chaud de la Nativité.

D'une injonction, le gouverneur arrête net le combat :

— Comment osez-vous vous battre ? Nous avons été abandonnés sur cette terre indienne, 39 hommes au beau milieu de cette terre inconnue. Nos ennemis sont partout. Et vous, vous trouvez le moyen de vous battre entre Européens ?

— Pour une femme laide qui plus est, ajoute l'un des Francisco à mi-voix de peur d'être entendu dans un moment de colère.

— Gabriel ! Finie la bagarre ! Suivez-moi, ordonne le gouverneur à l'homme pendant que Jorge presse son avant-bras ensanglanté.

Et se tournant vers son adjoint, Diego :

— Va me chercher Sebastian, j'ai une idée derrière la tête.

Acquiesçant nonchalamment aux ordres du gouverneur, son adjoint prend la direction de la hutte et rejoint plus tard le gouverneur qui est alors en vive discussion avec Gabriel.

Après une demi-heure de discussions houleuses, les quatre hommes se lèvent, marquent un point final à leur échange.

Laissant les deux marins se diriger vers la réserve, le

gouverneur les regarde s'éloigner en présence de son adjoint. Une fois que les deux hommes sont hors de portée d'oreille, Diego sans même regarder son compatriote, commente :

— Voilà une bonne chose de faite. Nous allons disposer de légumes frais et nous éloignons deux éléments perturbateurs de la colonie.

Son adjoint Pedro, tout à son habitude, répond, blasé :

— Rien ne dit qu'il ne se battra pas avec les Indiens !

— Que grand bien fasse aux Indiens s'ils veulent se frotter à Gabriel. Je ne peux installer des sentinelles derrière chaque Espagnol.

— Quant à la palissade et au fossé, je crois que l'Amiral sera revenu qu'on n'aura bâti un quart du plan.

— Pedro, ce que j'apprécie avec vous, c'est votre optimisme ! Si l'Amiral avait pensé comme vous, nous aurions rebroussé chemin une fois passé les Canaries.

— Au moins, nous ne serions pas coincés ici, aux Indes.

Voulant couper à la discussion stérile, le gouverneur recentre la discussion :

— Bien. Veillez à ce que nos agriculteurs disposent des outils adéquats pour cultiver leurs champs. De mémoire, la réserve contient des semis, c'est l'occasion de les utiliser.

Acquiesçant mollement, l'adjoint Pedro rejoint la réserve où les marins-agriculteurs sont déjà affairés à se préparer.

Une certaine complicité s'est installée entre Luis et le sage du village. Le traducteur a désormais en sa possession une collection de mots et d'expressions qui lui permettent une interaction sommaire avec l'homme. Lui qui a été embarqué dans l'aventure pour sa maîtrise de multiples langues, a dû partir de rien. La langue parlée par les Taïnos est à nulle autre pareille.

S'offrant un moment de répit, il sourit au vieux sage et lorsqu'il regarde autour de lui, ne trouve son compagnon. Interrogeant le sage, ce dernier hèle un jeune enfant indien qui le guide vers son compagnon.

Il retrouve ce dernier, vautré, à moitié nu, au milieu d'un groupe d'adolescentes qui lui tendent une pipe de tabacco.

Ironiquement, Luis de Torres lui dit :

— Mon cher ami, heureusement que nos amis Indiens ne sont pas remplis de mauvaises intentions. Rejoins-moi quand tu as fini d'inhaler ta fumée. La journée touche à sa fin et je ne voudrais pas attendre que le soleil se couche pour partir.

Son collègue, indolent, force un sourire, se lève, abandonnant ses amies indiennes.

Amusé, Luis commente :

— Tu devrais m'épauler dans mon travail, tu as des talents insoupçonnés pour communiquer avec les indigènes. Je suis persuadé que tu me serais d'une aide certaine dans ma tâche.

— Sans doute, répond-il, hébété.

Revenant à la case du chef Guacanaric en compagnie de son garde, Luis laisser errer ses pensées :

Le garde est amorphe. Ne serait-ce pas une méthode des Indiens pour émousser notre vigilance ? Et ensuite prendre le dessus ? Je devrais être vigilant.

Et comment se fait-il que lui est indifférent à ces tentations ? Son garde s'est fourvoyé l'après-midi dans les bras de ces Indiennes, il le comprend, l'envie peut-être même, éprouve une attraction similaire mais... rien de plus. À aucun moment, il n'a franchi le pas. À toute il leur manque quelque chose...

Surgit alors le chef de la tribu, probablement alerté du départ imminent de ses deux hôtes. Entouré d'une nuée d'Indiens qui gesticulent autour de lui, peut-être dans un but festif. Derrière lui une ribambelle d'Indiennes qui s'avèrent être ses femmes. Reprenant possession de leur logis, elles pénètrent dans la hutte du chef, désormais rendue à leur propriétaire originel.

À la différence des adolescentes du village, ces dernières, de tout âge, passent, réservées, les yeux bas devant les Européens. L'une d'elles, en partie habillée, ne retient pas l'attention du compagnon de Luis qui lui préfère celles qui ne portent sur elles que des dessins. Cette dernière, maladroite, fait tomber une corbeille de fruits dont l'un roule jusqu'aux pieds de Luis. Se rapprochant des Européens pour le récupérer, elle ramasse le fruit et se redressant face à eux, Luis dévisage avec insistance l'épouse.

Ces traits si différents. Ce nez, mutin, si fin à la différence des autres Indiennes.

Le cœur du jeune traducteur s'accélère soudainement jusqu'à battre à tout rompre devant la concubine du chef Guacanaric.

Son fruit à la main, elle tourne la tête nonchalamment.

Qu'a-t-elle de différent ? Serait-ce la proximité du pouvoir ? Son indifférence ? Peut-être est-ce cela qu'il recherche au fond de lui. Mais pourquoi la seule femme qui semble résistante ?

C'est guilleret que Luis reprend le chemin du retour avec son compagnon, dont les pas lourds et les complaintes nombreuses n'altèrent l'humeur du traducteur qui est déjà pressé de retourner dans le village indien.

En nage, le gouverneur de la colonie se réveille à une heure avancée de la nuit. Pourtant l'heure est plutôt à une fraîcheur relative. Quittant son hamac, il sort discrètement la hutte qu'il partage avec son adjoint, alors bouche ouverte, un bras pendant hors du lit indien.

Dehors, il s'arrête devant le pas-de-porte et scrute le moindre bruit dans la nuit. L'homme voudrait être serein, mais les propos que lui a rapportés le traducteur, Luis, ne l'ont guère rassurés. Ce dernier lui a confirmé ce dont il se doute, cette île chaleureuse, où tout s'offre aux marins, des victuailles jusqu'aux femmes, n'est en fait qu'un mirage. Pour un visage placide du chef Guacanaric, l'île héberge des dizaines de chefs sanguinaires. Ils débarquent et, à la manière des razzias arabes en Méditerranée, saisissent une poignée d'Indiens, de préférence jeune et de sexe féminin. On ne sait précisément ce qu'ils deviennent, mais les Indiens racontent volontiers qu'ils sont transformés en esclaves, donnés en sacrifice aux Dieux de la mer ou encore simplement mangés. Il y a autant de versions de leur devenir que d'interlocuteurs. Les autres îles étant moins généreuses, la leur tient pour ainsi dire de vivier. Certaines îles seraient habitées par des monstres, qui se nourriraient de chaire humaine. D'autres hébergeraient des hommes possédant un troisième œil sur le front.

Le gouverneur sourit en pensant aux propos rapportés par Luis. Certains concernant d'autres caciquats voisins l'ont en revanche plus intéressé : apparemment, l'île est gouvernée par cinq caciquats, dont l'un est Guacanaric, mais il serait bon d'établir des contacts avec les quatre autres. Ils pourraient être moins volages et seraient peut-être des partenaires plus fiables. Pour sûr, il faut approfondir cette question et Luis est une pièce maîtresse.

Abandonnant ses pensées, le gouverneur se dirige vers le premier poste de garde où deux de ses coreligionnaires somnolent, mais se redressent rapidement à sa venue. Il leur sourit et s'en retourne. Prenant la direction de la deuxième entrée, il découvre les factions en éveil.

Rasséréné, l'homme de Cordoue retourne vers sa hutte où il retrouve son adjoint dans la même posture.

Soupirant, il regagne son hamac et se rendort.

3ème jour

En ce troisième jour, la réunion matinale est d'une toute autre teneur. Les tensions de la veille ont laissé place à une ambiance toute différente.

— Le chef change d'humeur comme de chemise, commente Francisco avec un brin de fiel. On ne devrait laisser le pouvoir à des atrabilaires.

Une fois le plan de la journée esquissé, le gouverneur, alors perché sur une caisse de bois, regagne d'un bond le sol. Chacun vaque alors à ses occupations, Luis et son garde prenant la direction du village taïno, Gabriel et Sebastian, leur champ à labourer et les autres la palissade ou le fossé.

Juan, le religieux, les cheveux collés sur son front déjà luisant de sueur, ignore ses compagnons et s'en va pour une direction inconnue.

À peine Luis arrive dans le village de Guacanaric et qu'il prend place comme à son accoutumée dans la hutte du chef qu'une clameur se fait entendre.

Cherchant une réponse auprès du sage qui s'apprête à le rejoindre, il le voit faire demi-tour et revenir sur ses pas. Les clameurs se faisant plus précises, plus violentes, il se remémore ces journées d'intolérance en Andalousie où tout ce qui n'était pas d'obédience catholique était malvenu. Ces voisins qui ont chassé leurs voisins. Des personnes qui ont cohabité pendant des siècles et qui, à la faveur d'une parole, d'un acte quelconque, ont jeté l'opprobre sur leurs amis. Lui a échappé de justesse à cela grâce à une pirouette administrative...

Le traducteur reprend ses esprits. Serait-ce une attaque en règle contre les deux Européens ? Son compagnon a probablement commis une faute avec l'une de ces adolescentes, peut-être avec l'une des nombreuses concubines du chef. Il lui faut préparer une riposte. Il saisit aussitôt la bourse qui contient les pierres sans valeur qu'il offre en cadeau aux Indiens, vérifie si son poignard est toujours présent à sa ceinture.

Surgit alors dans la hutte le petit Migua, qui l'a sauvé la veille d'un mauvais pas. Visage bariolé, l'enfant, un brin euphorique, invite l'Espagnol à le rejoindre. Devant le visage souriant de l'enfant, le traducteur se rassérène et le suit.

Les deux personnes rejoignent le centre du village qui est une place rectangulaire habituellement vide. Luis s'étonne de voir l'agitation du village où tout le monde, visage peint de couleurs orange et blanche, avance d'un pas pressé.

Fendant la foule, l'Espagnol et l'enfant se rapprochent de la place centrale où le traducteur s'étonne de voir deux groupes d'Indiens se faire face.

Il se laisse aller à une dernière pensée pessimiste : *et si c'était en fin de compte une cérémonie sacrificielle ? Si les Indiens allaient m'écharper ? Quelle déchéance, ce serait que de finir ici, si pitoyablement.*

Dans le doute, il vérifie si son arme est toujours sur lui.

Au moindre danger, dégainer son épée, la planter dans tout obstacle et prendre la fuite dans l'agitation ? Et que deviendrait son compagnon ? Probablement qu'il aurait à subir le courroux des Indiens, mais le garde n'avait qu'à rester en sa compagnie au lieu de faire la cour à gauche et à droite.

Un sourire crispé aux lèvres, il suit l'enfant qui le mène jusqu'au-devant de la place délimitée par des bornes. Là est déjà présent son compagnon, aussi circonspect que lui.

Un silence se fait alors, le chef du village de l'autre côté de la place déclame des paroles qui rassurent alors Luis qui sourit, amusé.

— C'est un jeu, rien qu'un jeu qui répond au nom de *Batey*, glisse-t-il à son voisin.

Les deux groupes mixtes qui se font face entonnent à tour de rôle des chants et une fois fini, le chef du village saisit une balle ronde en caoutchouc de la taille d'un melon et traversant le terrain, il la lance au milieu de la place.

Les deux équipes qui se font face scrutent la balle qui rebondit et lorsque celle-ci se fige, les Indiens, joueurs comme spectateurs restent impassibles et lorsque le chef du village prononce enfin le mot magique, « Batey », les joueurs se ruent sur la balle et les spectateurs se mettent à acclamer leurs compatriotes.

Les règles du jeu sont un mystère pour les deux Européens tant il est différent de tout ce qu'ils ont pu voir en Espagne ou dans les ports qu'ils ont fréquentés au gré de leurs voyages.

Lorsqu'au bout d'une bonne heure, un silence se fait, les équipes se figent, le chef du village regarde à tour de rôle les deux équipes et prononce un vibrant « Batey » qui désigne le vainqueur et marque la fin de la rencontre. Les spectateurs envahissent la place et, réuni autour du vainqueur du jour, hurle à leur tour « Batey ».

S'ensuit alors un repas qui réunit le chef du village, les Européens ainsi que l'équipe... perdante. Chose étonnante, c'est l'équipe gagnante qui est en charge du service.

— Drôle de façon de récompenser le vainqueur, glisse le garde à Luis.

Marquant une pause dans leur travail, les agriculteurs composés de Gabriel, Sebastian et d'Indiens s'accroupissent et forment un cercle. Un des Indiens sort de sa besace une pipe et la fourre avec des feuilles séchées de tabac. Une fois allumée, il la tend à Gabriel, réservant ainsi la première bouffée à l'Espagnol qui s'est battu la veille.

— Quand je pense que personne ne voulait rester ici... quelle vie de pacha, commente-t-il en saisissant la pipe.

Inspirant profondément, il toussote en recrachant la fumée, ce qui effraie un instant les Indiens qui se figent. Ils se rassurent lorsqu'ils voient l'Espagnol, sourire aux lèvres, tendant la pipe à son coreligionnaire.

Les Indiens sous les ordres des deux Européens ont passé leur matinée à défricher cette zone afin d'y planter les graines emmenées dans le bateau par l'Amiral des mers qui a décidément de l'intuition. Initialement, le travail devait être réalisé par les deux Européens mais les Indiens loin d'être malhabiles et heureux d'être sous les ordres de ces hommes envoyés par la mer, ont finalement pris leur place. Bien évidemment, Gabriel et Sebastian ne se sont pas fait prier et restant en compagnie d'Indiennes, ils se sont contentés de donner des ordres. Les quiproquos sont fréquents, certains

Indiens ont rapidement abandonné le champ de travail pour une raison qui échappe aux deux marins, mais cela leur importe peu. Le champ prend forme, c'est l'unique chose qui importe.

De toute manière, ce travail est-il bien nécessaire ? La nature se charge de leur apporter tout ce dont ils ont besoin, mis à part du vin. Il aurait bien mieux valu investir dans de la vigne. Ces propos n'ont malheureusement pas convaincu le gouverneur dont le but est en fait de pouvoir être autonome par rapport au village marien de Guacanaric.

Malgré l'absence d'une lingua franca, les Européens arrivent tant bien que mal à communiquer avec les Indiens. La bonhomie des Indiens rend cela possible et le tabac et le vin aidant, les autochtones et les envoyés de la Reine trouvent toujours une issue aux incompréhensions.

À la faveur d'une pause, Gabriel et son coreligionnaire découvrent la signification des marques que portent les Indiens sur le corps. Ce qu'ils ont pris au début comme une marque du démon est en fait des dessins qu'ils choisissent consciemment de porter pour signifier une appartenance. L'un des Indiens leur a expliqué que cela leur confère forces et protections. Voyant l'homme exalté, les yeux injectés de sang et n'étant pas entièrement certain de ses propos, ils ont acquiescé sans vraiment adhérer à ses explications. Gabriel, un brin enthousiaste a proposé aux Indiens de se faire inscrire sur la peau le nom de son village, *Belmonte*.

— Si jamais je meurs, certains pourront au moins se souvenir qu'un homme, de Belmonte, a bravé la colère des Océans et découvert avec ses compagnons la voie vers les Indes. Si jamais je deviens fou sur cette île, je pourrais au moins me souvenir d'où je viens, confie-t-il à son camarade.

Les Indiens ont donc cherché leur matériel et, à l'aide

d'os de seiche trempé d'encre noire, ont tracé sur l'épaule droite du marin, son village natal.

4ème jour

La veille Juan, le médecin de la colonie, a convenu avec les quatre malades de les ausculter avant leur départ pour leurs travaux de terrassement. Depuis maintenant deux jours, il fait appliquer sur leurs plaies rosacées un onguent de sa concoction.

Remerciant le quatrième marin, il conclut sereinement, de la même manière que pour les autres marins :

— Cela évolue positivement, nous allons continuer le traitement, tout comme pour les autres.

Son attention est alors attirée par le dernier marin, resté face à lui. L'homme est calme, a déjà sur son épaule une besace mais sa main, laissée sans occupation, tremble.

Intrigué, le médecin l'interroge :

— Votre main, dit-il en la désignant du regard. Elle tremble. Est-ce récent ?

La main de l'homme se fige aussitôt et ce dernier reste pensif, bafouille :

— Oui, non... enfin, je n'en sais rien.

Circonspect, le médecin reste un moment songeur et après un silence, se reprend et souhaite une bonne journée aux quatre hommes qui repartent à leur besogne, à l'écart du fort comme le gouverneur l'a souhaité, afin de ne pas inquiéter le reste de la colonie.

Plus tard, alors que le médecin consulte un livre imposant qui contient la somme des compétences médicales de l'époque, il est interrompu par un

Espagnol, affolé, qui vient à sa rencontre. Un accident vient de survenir et son aide est requise, d'urgence.

Abandonnant ses recherches, il saisit la mallette contenant ses outils de base et suit l'Espagnol. Les deux hommes rejoignent alors le dortoir où est allongé Pedro, en sueur. Tout autour sont présents les marins qui étaient affairés à la palissade et qui, constatant l'animation, ont abandonné leur poste pour voir ce qui se trame.

Le jeune espagnol est allongé, respirant avec difficulté, le front recouvert de perles de sueur. Un homme en face de lui commente :

— C'est un Indien qui a constaté le malaise, il est venu vers nous en répétant maladroitement son prénom. Nous avons mis du temps avant de comprendre ce qu'il voulait nous signifier et lorsque nous avons constaté que notre Pedro était absent, nous l'avons suivi. Il était au sol, incapable de former une phrase, ses mandibules bougeant de manière saccadée. Nous l'avons porté ici, sans lui demander son reste.

Les deux Francisco, toujours contents de pouvoir apporter leur fiel dans une conversation, commentent à voix basse :

— Que faisait-il, seul, si loin de la colonie ? demande ironiquement le premier Francisco.

— Il était probablement allé chercher des baies, lui qui est si gourmand, rajoute le second.

Le médecin jetant un regard assassin vers les deux hommes, ces derniers baissent les yeux, un brin honteux de plaisanter en pareille situation.

D'un geste de la main, le médecin houspille les curieux et leur intime l'ordre de sortir. Le dortoir libre, il se penche sur Pedro, étranger à ce qui se passe autour de lui, qui respire difficilement et ferme les yeux par instants. Pendant qu'un homme de la colonie, resté en présence du médecin, lui essuie le front, le médecin découvre une plaie noire.

∽

En fin d'après-midi, le médecin quitte le dortoir et se dirige vers la hutte du gouverneur. L'homme, prévenu de l'incident, a demandé au médecin de le tenir au courant des événements.

Voyant le visage défait du médecin, Diego de Arana comprend immédiatement. Le médecin commente :

— La mort a été foudroyante. Le venin introduit par cette piqûre a eu raison de lui. Selon toute vraisemblance, cela ressemble à une piqûre d'araignée, mais je ne peux le garantir.

Le gouverneur, impassible, commente :

— Merci Juan. Pourriez-vous m'appeler les deux Francisco, eux qui se moquaient de l'homme voici encore un moment. Qu'ils se chargent de creuser sa tombe.

10ème jour

L'ambiance est morose en ce petit matin qui se lève sur la Nativité. Comme à son habitude, la colonie de désormais 38 hommes se réunit sur la place centrale pour distribuer les différentes tâches. Le gouverneur, avare de mots, s'éclipse rapidement une fois les consignes assignées et regagne sa hutte, accaparé par ses pensées. Croisant le regard hésitant de Luis, le traducteur, il ralentit le pas, puis s'arrête et revient finalement vers lui, l'interpelle de manière sèche :

— Dites-moi Luis, l'or, où en sommes-nous ?

— L'or ? hésite le traducteur en voyant le visage sévère du gouverneur.

— Oui, l'or. Nous n'avons pas traversé la Mer Océane pour éditer un traité de linguistique.

Sans même laisser le temps au traducteur de répondre, il reprend, révélant le sujet qui le préoccupe :

— Nous allons bientôt devoir rendre des comptes, il faudra être en mesure de remplir les cales d'étoffes, d'or, d'épices... l'étude de la langue taïno ne va pas longtemps intéresser les banquiers ni la cour.

— Je suis traducteur, pas orpailleur. Je vous ai déjà rendu compte de ce que j'ai pu constater, mais la quête du métal jaune ne fait pas partie de ma feuille de route.

— Elle l'est désormais. Je veux que vous me trouviez des monceaux d'or, pas des grains ou des feuilles que l'on a vus ci et là jusqu'à présent.

— Je me plie à vos ordres, mais n'étant un spécialiste dans le domaine, je ne saurais que vous recommander vivement de donner la tâche à un marin plus aguerri dans le domaine. J'ai bien peur de ne pas être la personne à la hauteur pour cela et de ne produire que des résultats médiocres.

Sensible à la remarque mais souhaitant avoir le dernier mot, le gouverneur reprend, un brin ironique :

— Soit. Dans ce cas, vous qui êtes désormais en mesure de communiquer avec nos voisins indiens, dites-leur qu'ils doivent nous livrer avant la fin du mois cinq onces d'or. Vu qu'ils nous prennent pour des dieux, que leurs villageois fassent le nécessaire pour trouver cela. Et s'ils n'arrivent pas à atteindre cet objectif, faites-leur savoir que nous serons mécontents et que des conséquences seront à prévoir.

— Cinq onces ? reprend le traducteur en haussant les

sourcils.

— Oui, cinq onces. Et tâcher de les suivre afin de savoir d'où provient cet or. Jusqu'à présent, ils ont été très loquaces sur leurs rivières qui acheminent des monceaux d'or, mais pour l'heure nulle trace de celles-ci !

Et se reprenant, comme pour se justifier :

— Voilà dix jours que nous sommes là et à part une palissade bancale, rien de concret n'a été réalisé. Au retour de l'Amiral, je ne donne pas chère de notre peau...

Circonspect, le traducteur reprend :

— Soit, je vais tâcher de faire comprendre votre souhait à Guacanaric.

— Ce n'est pas mon souhait, c'est celui de la Double-Couronne espagnole, répond le gouverneur, les traits crispés. Si cela n'a pas de signification pour vous, cela veut probablement dire que nous avons un renégat parmi nous.

Revenant à son sujet initial, il reprend :

— S'ils ne sont pas coopératifs, je vais demander à deux-trois véritables Espagnols de leur faire comprendre cela de manière musclée. Armes aux poings.

Les yeux bas, soumis, le traducteur répond calmement :

— J'ai bien compris le message. J'y vais de ce pas leur transmettre.

Retournant à sa hutte pour rassembler ses affaires, le traducteur croise Juan, son large front éternellement barré par des mèches de cheveux humides même si le petit matin est encore frais.

Derrière lui, une ribambelle d'Indiens, des enfants pour la plupart lui emboîtent le pas. Intrigué de leur présence, mais ne souhaitant prêter l'attention aux actions du prêtre auto-désigné, Luis continue son chemin puis s'arrête et se retourne lorsque ces derniers entament un chant en latin.

Placés en rang d'oignon face au pseudo prêtre qui fait alors office de chef de chœur, les enfants dont le plus jeune ne doit pas avoir cinq ans, entament un *ave maria* émaillé de leur accent taïno.

Les hommes présents dans la hutte sortent afin d'assister au spectacle pendant que les travailleurs affairés à la palissade ou au fossé se rapprochent afin de voir aussi le si particulier événement. Luis reste hébété devant la discipline régnante autour du prêtre. Ces Indiens d'habitude si changeants répètent des paroles dont le sens leur échappe. Luis éprouve le plus grand mal à comprendre leur langage, à intéresser les Indiens à son travail, à garder leur attention et pendant ce temps ce maudit prêtre arrive si rapidement à un résultat !

Également spectateur, le gouverneur Diego et son adjoint Pedro marquent une moue de satisfaction à l'issue du chant. De la main, Diego fait signe au religieux de le joindre, ce dernier abandonnant les enfants qui s'assoient à même le sol.

Intrigué par l'apparente cordialité présente entre le religieux et Diego le gouverneur, Luis déplace une souche devant l'entrée du dortoir, s'assoit dessus et feignant d'être affairé à préparer son départ, espionne la discussion qui se tient au loin. Pendant ce temps les travailleurs venus écouter les enfants regagnent leurs chantiers. Distrait par la poussière soulevée par ces derniers, Luis constate que la palissade prend peu à peu forme à l'entrée de la colonie. Haute de trois mètres, la protection voulue par le gouverneur s'installe désormais dans le paysage de la colonie et même si la grande majorité reste encore à bâtir, l'entrée de la Nativité laisse imaginer ce que pourrait être le village une fois achevé.

Voyant cela, Luis reste songeur.

Tant d'énergie consacrée à dresser ces murs... Pour se protéger des Indiens. Mais représentent-ils véritablement un danger ? Ces villageois qui m'accueillent à bras ouvert, partagent tout ce qu'ils possèdent, sont-ils vraiment à craindre ? Le danger dont il faut plutôt se méfier vient de l'intérieur. Chaque nuit, des ombres s'éclipsent et ne regagnent la colonie que bien plus tard. Serait-ce pour chasser un quelconque animal qui fait son apparition à cette heure-là ? Si ce n'est que pour soulager un quelconque besoin naturel, pourquoi autant de précautions sont-elles prises par les marins ? Eux qui ont traversé la mer océane entassés les uns sur les autres, ne s'encombrent habituellement pas de politesses.

Au loin, Luis voit la discussion entre le gouverneur et le prêtre se terminer. À en juger par leur comportement, les deux hommes semblent être satisfaits de leur échange. Restant à l'ombre, Diego hèle les noms de deux marins qui abandonnent le chantier de la palissade et d'un pas pressant les rejoignent. Luis, intrigué, fait mine d'être à la recherche d'un quelconque objet et baisse les yeux lorsque les deux marins passent devant le dortoir où le traducteur s'est posté.

Quelques instants plus tard, le prêtre repart en compagnie des deux marins. Le gouverneur, visiblement satisfait, les accompagne un moment et lorsqu'il découvre Luis, toujours devant le dortoir en train de préparer sa besace, son visage abandonne son air guilleret et le sermonne :

— Luis, cesser de traînailler, déjà que vous n'êtes pas en avance, ne perdez pas en plus du temps à parfaire vos bagages pendant des heures.

Luis, étonné du changement d'attitude, ceinture aussitôt sa besace et une fois son sac sur l'épaule, part à la recherche de son collègue qui doit l'accompagner au village.

Le gouverneur se découvre une passion pour la religion lui qui prenait ses distances initialement. Quel revirement de situation. Qu'a-t-il donc convenu avec cet homme que l'Amiral des mers a volontairement abandonné ici, lui qui interprète chaque événement comme une intervention divine. Retournons au village, nous en saurons bien assez tôt.

Le gouverneur, les traits du visage tirés, fixe du regard le traducteur qui quitte bientôt le village. Une fois que ce dernier est hors de portée de vue, il soupire un « enfin » de soulagement et se retourne pour regagner un établi posé dehors et qui lui sert de bureau.

Arrivé devant l'établi où sont éparpillées ses affaires, il pose son poing sur la table et expire lentement. La mort de son compatriote, cette tension qui s'est accumulée les derniers jours, les résultats médiocres de la colonie, son sommeil rendu difficile par les contrariétés l'épuisent.

Vient alors son adjoint, guilleret, sourire aux lèvres, le ton à la plaisanterie :

— Le médecin souhaiterait s'entretenir avec vous et vous montrer quelque chose de particulier.

— Le médecin n'est-il pas assez grand pour venir par lui-même ou daigner être plus clair ? répond sèchement le gouverneur Diego.

— Le Docteur Juan m'a juste indiqué qu'il souhaiterait vous voir, répond l'adjoint d'un air détaché.

Le visage du gouverneur se transforme alors, son visage devient rouge de colère et ce dernier crache :

— Pour qui se prend le docteur ? Croit-il qu'il n'a qu'à

quémander pour que l'on vienne ? Et pourquoi ne voit-il pas directement avec vous ?

L'adjoint se fige et reste coi. Ses yeux hésitent, se lèvent vers le gouverneur et hésitant, il bégaie :

— Je... enfin... d'accord.

Et il s'en retourne vers la hutte du médecin.

Le gouverneur, le cœur battant, le visage couleur pourpre, dodeline de la tête. Il sent une douleur au ventre, pose sa main dessus et tire la chaise pour s'asseoir.

L'Espagnol ouvre lentement les yeux et découvre en face de lui les pieds d'une table. La joue humide, il soulève la tête et se rend compte qu'il est à même le sable.

Où suis-je? Où est ma femme ? Ah non, elle est morte, je me rappelle maintenant. Et puis, criblé de dettes j'ai accepté cette mission un peu folle de traverser la mer Océane. Nous avons vogué, découvert cette voie vers les Indes, ces Indiens, ces Indiennes et puis ensuite ce sabotage, l'Amiral nous a laissés et puis après...

Peu à peu ses souvenirs se reforment.

Et puis nous sommes sur une île, 39. Non, 38 désormais et ce matin j'ai confié au religieux la tâche que le traducteur n'arrivait pas à réaliser.

Le gouverneur, regarde autour de lui et voit qu'il est à même le sol. Par réflexe, il retrouve sa dignité et regagne sa chaise rapidement.

Le décor tourne autour de lui. En face de son bureau, il se demande quelle heure il est. Il met une main à son front, découvre une bosse. Puis une deuxième.

Son adjoint vient vers lui d'un air nonchalant.

— Gouverneur, le médecin est introuvable.

Se raclant la gorge, le gouverneur pousse d'une voix roque :

— Pardon ?

— Le gouverneur est introuvable, reprend l'adjoint d'une voix peu assurée.

Ne recevant de réponse, l'adjoint recule d'un pas. Au front du gouverneur perlent des gouttes de sueur glacées.

— Vous allez bien ? Vous êtes un peu... pâle, ose l'adjoint.

Au bout d'une seconde, le gouverneur répond, d'une voix très calme :

— Je crois que je vais aller m'allonger. Je suis fatigué. Que l'on ne me dérange pas.

Et se levant, l'homme prend la direction de son dortoir devant l'adjoint qui le suit des yeux.

12ème jour – 16 janvier 1493

À bord de la Nina, l'Amiral des mers vient de donner l'ordre de départ. Aussitôt les deux caravelles lèvent les amarres et mettent le cap sur l'Europe. Une joie indescriptible envahit alors les marins dont les privations, le soleil brûlant, la promiscuité ont émoussé leur courage, mais qui restent fidèles aux ordres du commandant.

Il aura fallu cette escarmouche avec ces Indiens pour que l'Amiral se rende compte de la précarité de la situation : un marin a été blessé et peu s'en est fallu pour que la lance jetée par les cannibales depuis un canoë ne soit fatale. Les Espagnols ont riposté, blessant de nombreux Indiens, mais à la différence d'autres tribus dont le simple détonnement d'un canon les fait disparaître, ces Cannibales n'ont pas reculé, se sont éparpillés pour encercler la chaloupe.

Il a fallu regagner le navire et tenir en joue ces Indiens jusqu'à ce qu'ils soient hors de portée.

Cet événement, qui aurait été mineur s'il s'était déroulé en d'autres temps, a décidé le commandant à regagner l'Europe.

Tant de choses restent encore à découvrir, ces côtes à tracer, ces terres fertiles à découvrir mais le mauvais état des bateaux, la fatigue des marins et surtout leur lassitude rendent la tâche difficile, périlleuse. L'anicroche du jour aurait pu mettre un terme définitif à leur expédition si elle avait mal tourné et les cours d'Europe auraient probablement conclu que les trois caravelles avaient sombré dans les entrailles de la terre ou auraient atteint les limites du monde et seraient tombés dans un abysse.

L'Amiral a pris la décision de regagner dès à présent l'Europe afin de revenir mieux équiper, plus nombreux et ragaillardi.

À l'annonce de cette nouvelle, les marins ont exulté sur le pont de la Nina. Il en est de même sur la Pinta, la caravelle dirigée par Martin Pinzo qui leur a fait faux-bond une nouvelle fois voici quelques jours.

L'Amiral donne l'ordre de mettre cap vers le nord et depuis le château arrière de la Pinta, le marin voit peu à peu s'évanouir l'île d'Hispaniola. Il pense aux 39 membres d'équipage qu'il a dû abandonner de l'autre côté de l'île.

Le tempérament des Indiens de Guacanaric est si clément et à l'extrême opposé des indigènes que nous avons rencontrés dans cette baie. Notre seule vue a déclenché une vague de furie alors que leurs coreligionnaires, habitants sur la même île, sont totalement apeurés et nous prennent pour des Dieux. J'imagine mal une cohabitation possible entre notre future cité et la leur. Mais le sort en est jeté, espérons que ce cher Diego trouvera une solution.

Et voyant au loin la caravelle manœuvrée par Martin Pinzo, l'Amiral des mers soupire.

Il est vraiment temps que nous rentrions. Le frère Pinzo est un fougueux qui n'obéit qu'aux ordres qu'il juge profitable pour lui. Je serai curieux de connaître ce que renferment les poches de ses marins, eux qui ont disparu les derniers jours.

Guettant depuis son bureau le dortoir des malades, le gouverneur se lève et rejoint le médecin lorsqu'il voit ce dernier quittant l'habitation qui abrite les marins recouverts de taches rosées. S'éloignant des oreilles concernées, le gouverneur, circonspect demande :

— Donnez-moi des bonnes nouvelles cher Juan. Les autres marins s'interrogent sur cette maladie dont souffrent vos patients. Ils s'inquiètent et très rapidement affabulent.

Le médecin, impassible, rétorque :

— Ils sont en voie de guérison, semble-t-il. Les taches s'estompent grâce à l'onguent que je leur applique régulièrement.

Toujours circonspect, le gouverneur continue :

— Mais ils tremblent... et surtout cela se sait. Notre ami religieux a tout de suite conclu qu'ils se sont éloignés de Dieu et que ces tremblements sont l'expression de leur impiété. On l'a surpris en train de les convaincre de se lancer dans je ne sais quelle tâche rédemptrice.

Distant, le médecin répond :

— Nous allons arrêter d'appliquer l'onguent maintenant que les rougeurs commencent à disparaître. Le mercure est peut-être responsable de ces tremblements, mais c'est le prix à payer si nous voulons les guérir. Quant aux interprétations religieuses, je laisse à Juan le soin de dire ce qu'il veut. Nous devions l'enchaîner voici encore trois mois parce qu'il voulait attenter à sa vie et désormais il se fait donneur de leçons. Je ne prête que peu d'attention à ses tentatives d'explication.

— Peut-être, répond songeur le gouverneur. Mais les autres marins l'écoutent.

— Que grand bien leur fasse. Qu'y puis-je ?

— Si votre science était moins approximative et que les marins fussent d'aplomb, il n'y aurait pas ces hésitations.

— Si vous considérez que les versets de Juan peuvent soigner le mal de ces hommes, n'hésitez pas à faire appel à ses services.

— Vous ne me facilitez pas la tâche, cher Docteur, répond sèchement le gouverneur. Je souhaiterais réintégrer les travailleurs avec les autres, voilà pourquoi une guérison franche est nécessaire. Dans un contexte pareil, la rumeur enfle facilement. À cela s'ajoute la fatigue, la mort récente de notre ami.

Le médecin acquiesce sans ajouter un mot.

— Et cette palissade qui n'avance pas, soupire Diego. Quant aux travaux de terrassement que nos quatre malades accomplissent, ils n'arriveront probablement jamais à construire une route et le jour où elle sera prête, nous giserons probablement six pieds sous terre.

Un brin compatissant le médecin répond :

— Sachez que je ne peux m'avancer sur une guérison rapide et définitive, nous sommes dans un monde inconnu. Ce n'est pas les écrits que certains ont laissé qui peuvent m'être d'une quelconque utilité. J'avance dans le noir.

— Dans le noir... reprend le gouverneur dépité. Bien, faites au mieux, rajoute-t-il avant de s'éloigner et regagner son bureau.

S'arrêtant à mi-chemin, Diego de Arana reste figé, pensif. Puis, voyant près du dortoir un Espagnol flânant, il l'interpelle :

— Christobal, vous qui ne semblez pas occupé, cherchez un de vos camarades, peu importe lequel et rejoignez-moi à mon bureau d'ici à dix minutes, nous partons en excursion. Ah oui, prenez des armes et des cordes, on ne sait jamais.

Quelques instants après, voici que le gouverneur rejoint par les deux Espagnols est prêt à partir.

— Messieurs, nous allons voir où en est notre plantation. Beaucoup d'échos m'en parviennent, mais par le beau temps qu'il fait, il est encore plus simple de s'en faire une idée par soi-même.

Et imprimant le rythme au groupe, le gouverneur prend la direction est de la colonie, empruntant le chemin tracé par les malades.

Initialement, le but de la plantation était d'écarter les agitateurs mais également de disposer d'une alimentation plus variée. Celle-ci s'est en plus diversifiée grâce aux échanges avec les Indiens : pomme de terre, maïs et cassave leur sont régulièrement offerts. Ces légumes se trouvent en abondance, à l'état sauvage, mais il faut s'éloigner de la colonie pour les trouver. Les cultivateurs ont donc planté des fruits et légumes et se sont également servi des graines emmenées par l'Amiral des mers à bord des trois caravelles.

Le gouverneur, toujours prompt à la critique, prend les deux Espagnols à témoin et constate que la route n'est pas à la hauteur de ses espérances :

— J'espérais une route jusqu'à la plantation et en lieu et place de cela, je ne découvre qu'un chemin à peine aplani et tout juste débarrassé de ses broussailles.

N'obtenant aucun écho à ses propos, le gouverneur Diego, poursuit :

— Ils parlaient de terrassement... on aurait dû appeler cela élagage !

Le long du chemin, les marcheurs sont accompagnés (« *suivis* » d'après le gouverneur) par des oiseaux qui égaient leur route. Sur leur droite, plus bas coule un cours d'eau qui bientôt rejoint une petite étendue d'eau formant une sorte de lac artificiel. Des enfants indiens, du haut d'un rocher qui leur sert de promontoire, se jettent dans le lac, agrémentant leur chute de combinaisons hasardeuses qui finissent pour la plupart à plat.

Les trois hommes s'arrêtent, sourient devant le spectacle et lorsqu'un vent frais vient caresser leur peau brûlée par le soleil, Diego commente :

— Messieurs, je ne sais comment la situation va évoluer, mais il faudra garder en tête ce que nous avons trouvé en venant ici.

Reprenant leur marche, le groupe d'Espagnols arrive enfin à la plantation.

Une altercation leur parvient en espagnol :

— Satan, c'est la marque de Satan que tu portes désormais sur toi !

Le gouverneur et les marins qui l'accompagnent se figent un instant, étonnés de ces propos. Le chef de la Nativité, les sourcils froncés, fait une moue d'étonnement et posant la main sur son arme attachée à sa ceinture, avance d'un pas sûr.

Ils découvrent alors les deux agriculteurs en compagnie de Juan, le prêtre, visiblement énervé.

— Juan, que faites-vous ici ? demande le gouverneur stupéfait.

— Monsieur le gouverneur, crache Juan en postillonnant, figurez-vous que Gabriel a demandé à l'un de ces Indiens de graver dans sa chair des inscriptions !

Et se rapprochant du marin incriminé, lève sa manche qui cache le nom Belmonte, le village de l'homme.

Le gouverneur, blasé, sourit lorsqu'il découvre l'inscription :

— Belmonte ? Comme le village ? Une partie de ma famille y réside encore. C'est un village magnifique qui souffre d'être excentré, dit-il mélancolique.

Voyant les yeux injectés de sang du religieux, le gouverneur reprend sèchement :

— Juan, vous êtes hors de votre juridiction ici. Votre place est dans le village de Guacanaric, pas dans notre potager.

Passablement énervé, le religieux ouvre la bouche pour répondre, ne réussit à former une phrase et replaçant sa mèche sur le côté, il se retourne et quitte la plantation.

Une fois le religieux hors de vue, le gouverneur se rapproche de l'épaule du marin et commente :

— C'est étonnant et plutôt bien fait. Mais consultez le médecin afin de vous assurer que les Indiens n'ont pas glissé quelques poisons dedans. Les Maures que j'ai croisés, et surtout les femmes ont les mains et le cou recouvert de tels dessins. Je ne comprends que pas que notre ami Juan prenne si vite peur.

Et se frottant les mains :

— Bien, maintenant, parlons agriculture, montrez-moi ce que vous avez fait, je ne suis pas venu parler d'autre chose !

À la différence des différents projets en cours dans la colonie, la plantation est plutôt avancée : les deux marins mis à l'écart à cause de leur tempérament sanguin ont labouré la terre sur une parcelle de quatre ares, semé différentes variétés de graines mises à leur disposition et le climat chaud et la terre fertile aidant, ci et là pointent déjà les premières pousses.

Un point d'eau a été creusé et leur permet de disposer d'une irrigation abondante et facile d'accès.

Surgissent alors des fourrés six Indiens accompagnés d'une nuée d'Indiennes gloussantes. Les yeux rougis, probablement par la pipe de tabac encore fumante qu'ils tiennent à la main, ils découvrent que les deux Européens qu'ils ont l'habitude de rejoindre sont accompagnés. Un instant leur suffit pour disparaître aussi rapidement qu'ils sont venus.

Le gouverneur se retourne vers les deux marins-agriculteurs, le front plissé pour marquer sa stupéfaction. Les deux Espagnols, gênés, se raclent la gorge et l'un commence maladroitement une explication :

— Ce sont nos... auxiliaires. Ils nous ont assistés dans des tâches diverses et variées.

— C'est une bonne chose que vous ayez réussi à rallier les Indiens à notre cause. Visiblement, tout le monde est plus efficace que notre traducteur Juan. À croire qu'il fait exprès et qu'il n'est pas un franc collaborateur.

Revenant au sujet initial, le gouverneur reprend :

— Messieurs, nous devrons organiser une fête pour la première récolte. Je ne vous dérange pas davantage et m'en retourne vers la Nativité.

Et faisant signe à son compagnon, le gouverneur abandonne la plantation devant les deux marins, bien content que le gouverneur n'ait pas regardé de plus près à leur atelier, dont l'activité est tout entière dévouée au séchage du tabac.

13ème jour – dans la nuit

Un silence de plomb règne dans la Nativité lorsqu'une ombre, profitant de l'heure avancée dans la nuit, se faufile. La silhouette fluette se déplace précautionneusement, quittant le dortoir des dormeurs, longeant la bâtisse et se dirigeant vers l'entrée de la colonie en construction. Elle s'arrête un instant lorsque l'un des gardes, assoupi, émet un grognement. Le cœur de l'Espagnol bondit alors dans sa poitrine et ce n'est qu'un moment plus tard qu'il poursuit son escapade. Une fois le poste de garde franchi, le jeune homme prend la direction de la plage, d'un pas assuré.

Arrivé, il longe des rochers immenses qui ont l'aspect de silex géants plantés dans le sable et gagne une crique, à l'écart, protégée du vent marin et bercée par le clapotis des vagues. Le jeune marin s'arrête là et regarde tout autour de lui, semblant chercher quelque chose. Il pose la main sur son arme, accrochée à sa ceinture, s'avance de quelques pas, revient à sa place d'origine.

Sans même qu'il s'en rende compte, une ombre s'est faufilée dans son dos. Lui n'ayant rien remarqué, il continue de scruter l'entrée de la crique, commençant à trépigner.

Enfin, il se retourne et tombe nez à nez avec une jeune Indienne qui, elle aussi surprise par le revirement brusque de l'Espagnol, sursaute.

La stupeur passée, un sourire envahit le visage du jeune Espagnol qui tend ses bras dans lesquels la jeune Indienne vient se lover.

Les deux jeunes gens restent là, dehors, elle dans ses bras, lui la serrant simplement. Le temps s'arrête pour les deux amoureux. Ils n'échangent aucun mot, uniquement des sourires, des caresses, des soupirs de contentement, le ressac de la mer derrière eux les berçant.

Le jeune marin espagnol lui murmure un mot doux, elle, lève les yeux et, les yeux pétillants, lui sourit. Lui rapproche son visage du sien, pose ses lèvres sur celles de la jeune Indienne et y dépose un baiser. La jeune adolescente tressaille, ne comprenant, puis sourit à nouveau devant le visage de l'Espagnol qui s'est écarté.

Voyant le trouble qu'il a causé, l'Européen redresse la tête, ferme les yeux et sa main sur la nuque de la Taïno, ramène sa tête sur sa poitrine dont le cœur bat à tout rompre.

Les deux restent là, heureux tout simplement.

Soudain un rayon de soleil vient réchauffer la joue du jeune marin. Il sursaute, se rend compte que le temps a filé en présence de la jeune Indienne et à regrets, l'abandonne après l'avoir serrée une dernière fois. La jeune Indienne le voit s'échapper, laissant tomber derrière lui une gourde qui était alors attachée à sa ceinture. Elle la ramasse et la serre contre sa poitrine, contente d'avoir un objet qui lui permette de se rappeler de lui.

Le jeune Espagnol tout en regagnant au pas de course la Nativité se demande comment la nuit a pu se passer si vite. Il est à peine arrivé et la joie d'avoir retrouvé sa bien-aimée l'a tellement comblé qu'il en a perdu la notion du temps.

Un Indien qui le verrait alors passer prendrait probablement l'Européen pour un fou, voyant un jeune homme, sourire aux lèvres, courant dans la forêt, bondissant ensuite sur un rocher, repoussant une branche sur son chemin.

En prenant ces risques, le jeune natif de Talavera espère regagner la colonie avant que l'on ne constate son absence. Dans le cas contraire, il lui faudra trouver une excuse probante d'autant que l'interdiction a été faite de quitter la colonie, une fois la garde mise en place.

— Bien, tu iras avec Pedro. Pedro, cela te convient-il ? répond l'adjoint du gouverneur à Juan, le religieux, qui l'a questionné tout en cherchant le marin dans la foule qui se rassemble chaque matin au centre de la Nativité.

Perché sur une souche d'arbre, l'adjoint cherche l'homme et ne le trouvant pas, fait une moue de circonspection, retournant à son calepin.

— Je ne l'ai pas vu ce matin, indique le religieux. Hier et les derniers jours, il semblait fatigué. J'ai besoin de quelqu'un de valide pour m'assister dans la tâche qui m'a été confiée par le gouverneur !

— S'il a la peau rosée, il faudra qu'il rejoigne le dortoir des pestiférés, glisse l'un des Fernando, toujours prêt à une bonne parole perfide.

Arrive alors Pedro, le visage rougi par l'effort qu'il vient de faire. Les marins réagissent à peine en le voyant arriver, mais très vite l'adjoint, qui a envie de conclure, déclare :

— Parfait le voilà. Donc Pedro, vous épaulerez Juan dans sa tâche.

Le jeune homme, encore haletant, acquiesce de la tête pour éviter d'avoir à prononcer un mot, ce dont il se sent incapable. Il met la main à sa ceinture pour saisir sa gourde et se rend compte que la courroie qui la tient, s'est déchirée.

— Diantre ! se dit-il. J'espère que je ne l'ai pas perdu

dans un endroit compromettant !

Et se dirigeant vers le prêtre, il va s'enquérir de ses attributions.

Une nouvelle journée de traduction commence pour Luis au sein du village de Guacanaric. Comme à son accoutumée, il s'est installé joyeusement, sifflant son habituelle mélodie de trois notes, dans la case du chef qui lui met à disposition son toit gracieusement. Autant les liens avec les Indiens et le chef du village en particulier ont tendance à se renforcer, autant le traducteur a perdu le contact avec le gouverneur de la colonie, Diego, dont les seuls buts sont d'avoir des résultats visibles et tangibles.

– La lexicographie est un domaine qui se prête mal à la découverte sensationnelle et soudaine, a rétorqué Luis.

Et depuis, le gouverneur a pris ses distances quant à l'avancée de ses travaux tout en lui laissant champ libre. Ce qui n'est pas pour lui déplaire.

Le sage dévoile alors à Luis l'existence d'une tribu voisine qui est entièrement composée de femmes. Amusé un instant par l'image d'une peuplade amazone qui se battrait de manière sensuelle, le traducteur retrouve rapidement son sérieux lorsque le vieux sage, passablement énervé poursuit en lui révélant la cruelle réalité :

– Cette tribu profite de nuits claires pour débarquer un ou deux canoës remplis de guerrières ayant pour mission d'enlever des adolescents de sexe masculin qu'elles utilisent pour leur reproduction. Une fois leur besogne faite, les hommes sont mis à mort, rendus en esclavage ou encore mangés. Dans tous les cas, ils sont auparavant castrés et leurs attributs jetés à la mer. D'aucuns qui ont réussi à s'aventurer sur l'île racontent que les castrats survivants qu'elles ont en exécration sont maltraités, humiliés et sont attachés à des tâches secondaires : cuisine, entretien des cases...

Luis, les yeux grands ouverts, reste stoïque devant l'histoire du vieil homme, lui qui commence à s'habituer à la vie simple de la tribu. Voyant que le récit impressionne le jeune homme venu de la mer, le vieil homme poursuit :

— Ces femmes sont différentes des nôtres, bien qu'elles n'aient la force d'un homme, elles arrivent à le surpasser notamment certains soirs de demi-lune où plusieurs d'entre elles se transforment...

Une clameur dans le village interrompt alors le vieil homme qui décrit alors des scènes qui pourrait tenir de la mythologie grecque. Profitant de l'occasion, Luis se relève et va vers le pas-de-porte découvrir le déclaré-prêtre entouré d'une cohorte d'enfants chantant dans une langue qui ressemble à du latin. Le prêtre abandonne les enfants au centre du village et se dirige vers Luis, un brin étonné d'intéresser l'homme.

En fait de l'intéresser, ce sont les outils qu'il a laissés la veille que le prêtre vient récupérer. Le traducteur, énervé, ne peut s'empêcher une pique lorsqu'il voit passer le prêtre devant lui :

— Ils chantent bien le latin, ou alors cela y ressemble. Dommage que ces enfants ne comprennent pas le moindre mot de ce qu'ils proclament. D'ailleurs, peut-être que s'ils le savaient, ils s'en abstiendraient...

Juan, piqué, répond ironiquement :

— C'est toute la différence entre vous et moi, Luis. J'apprends aux enfants le latin et leur fait découvrir notre Dieu, afin qu'ils s'élèvent à notre niveau. Vous, vous abaissez leur niveau. À chacun sa méthode.

Luis, resté sur le seuil de la case, suit les échanges entre le prêtre et le chef de la tribu et voit, amusé, Juan décrivant de manière grandiloquente son dessein :

— Une croix, nous allons dresser une croix là, afin que chaque jour vous puissiez avoir une pensée sainte, dit-il en mimant un gibet.

Tout sourire, le chef acquiesce, probablement sans bien comprendre de l'explication de Juan, aussi exalté que maladroit dans ses propos. À côté de lui, Luis voit le jeune Pedro, peu intéressé par la discussion et dont le regard se fixe au gré des passages de jeunes Indiennes.

— Tiens, je ne pensais pas que le jeune Pedro était un esprit volage comme les autres marins, se dit Luis à voix basse.

Juan rejoint la discussion et découvre que l'ambition du prêtre n'a pas de limites :

— Une croix que chaque Indien pourra voir au matin, à la gloire de Dieu et pourquoi pas plus tard, une croix visible de tous les Caraïbes, dit, exalté, le prêtre.

— Vraiment modeste, glisse Luis.

— Rien n'est assez grand pour la gloire de Dieu, répond, presque indifférent, le prêtre.

— À la gloire de Dieu ou de l'Église catholique ? rajoute Luis sans le regarder.

— C'est avec l'aide de Dieu que nos bons Rois catholiques ont réussi à bouter les Ottomans hors de la péninsule. Des siècles, voilà des siècles que l'on attendait cela, répond-il, fier.

— Oui, et du jour au lendemain des pogroms ont éclaté ci et là, à Grenade, des habitants se sont mis à dénoncer leurs voisins avec qui ils vivaient en paix depuis des siècles. Tout cela au nom d'un Dieu qui prêche l'amour du prochain.

— Que savez-vous des saintes écritures ? Est-ce la place d'un marin-interprètre ? Non. Vous êtes un traducteur.

Et un mauvais traducteur : nous en sommes encore au langage des signes alors que voilà trois mois que Rodrigo a vu pour la première fois ces terres.

— Une langue ne s'apprend pas en trois mois. Ce n'est pas comme le latin où l'on répète des phrases sans les comprendre.

— Faux Espagnol, murmure le prêtre qui, excédé lui tourne le dos et interpelle Pedro et son compagnon de la main.

— Prêtre de pacotille, murmure à son tour Luis qui regagne le *bohio* du chef.

20ème jour

Assis à même le sol dans la hutte du chef, Luis marque une nouvelle fois une pause dans son travail. Il souffle d'exaspération, ferme les yeux un long instant et reste pensif, ne sachant comment réagir. Depuis l'aube, une poignée d'Indiens et les deux Espagnols qui accompagnent le prêtre sont affairés à bâtir un socle qui accueillera à terme une croix.

— Toute cette énergie gaspillée pour un Dieu qui va leur apporter le malheur, grogne Luis qui s'est levé et voit au loin le prêtre, transformé en contremaître et qui distribue ordres et contre-ordres dans un tohu-bohu sans nom.

Parmi les Espagnols, le traducteur distingue le jeune Pedro qui se démène avec une énergie qu'il ne lui connaît pas.

— Diantre, mais est-ce la promesse de la vie éternelle qui donne autant de courage ? s'interroge Luis. Peut-être n'ai-je rien compris.

Et tout autour du chantier, une nuée d'Indiens, jeunes et moins jeunes regardent, curieux et étonnés, le bâtiment qui est en train de naître au sein de leur village.

Le traducteur, circonspect, détourne le regard lorsqu'il voit au loin le sage du village qu'il attendait, passer au loin. Il tente de le rejoindre et, ralenti par un groupe d'enfants qui accourent en le voyant, il perd sa trace. Hésitant un instant, il part à sa recherche dans la forêt, continuant le chemin où il l'a vu la dernière fois.

Même si Luis et ses compagnons sont présents sur l'île depuis maintenant trois semaines, ce dernier continue à être impressionné par cette jungle et se plaît à s'imaginer suivre le vieil homme dans son environnement. Au bout d'une demi-heure, il doit cependant se rendre à l'évidence : non seulement son flair ne lui a pas permis de retrouver le sage, mais il est en plus perdu. Saisissant sa gourde, il s'assoit et ingurgite une rasade de vin.

Il regarde à sa gauche, détourne son regard vers la droite, se dit qu'il est bel et bien perdu et soupire. Se frottant la barbe naissante, il reste là, un signe lui indiquera bien à moment ou à un autre quelle direction prendre.

Lorsqu'il voit le vieil homme à bonne distance, il sourit, se dit que sa bonne étoile est encore présente. Il se lève, s'apprête à le rejoindre et lorsqu'il le voit pénétrer dans une grotte, s'arrête, intrigué.

Luis est étonné ne pas avoir connaissance de ce lieu : l'homme, d'habitude si affable, lui a conté un nombre incalculable de légendes ou d'histoires du village, mais jamais il n'a mentionné ce lieu. Il pourrait s'agir d'une cache qu'il souhaite volontairement garder secrète. Ou peut-être seulement de latrines, se dit Luis en souriant. Toujours est-il qu'il veut en avoir le cœur net et il reste posté là, attendant que le vieil homme en sorte.

Le marin-prêtre Juan se découvre des qualités de chef d'équipe lorsqu'il constate que les travaux qu'il a engagés au centre du village avancent à grands pas. Sa dernière recrue, le jeune Pedro, travaille d'ailleurs avec un entrain qui le surprend ce qui laisse Juan songeur :

Une dynamique s'installe. Ce peuple ne peut indéfiniment vivre sans connaître l'existence du Dieu unique. Pour l'heure, ils voient des Dieux partout : la mer, le ciel ou encore une rivière sont autant de Dieux dont l'humeur se distille à travers les vagues, un orage ou une pêche abondante. Il leur faudra comprendre qu'un ordonnateur-suprême se cache derrière tout cela.

Tout en laissant ses pensées vagabonder, le prêtre voit au loin Pedro et son compagnon-bâtisseur approchés par des adolescentes du village.

Les deux marins, bien contents d'être interrompus, accueillent à bras ouverts ces adolescentes nues, au corps parfait, les bras chargés de victuailles. Dévorant des yeux les jeunes filles, ils saisissent lentement les plats, appréciant cette proximité offerte par l'occasion.

— Mais Satan prend forme humaine ! Il tente de nous empêcher d'accomplir l'œuvre divine ! fulmine Juan, qui se dirige rapidement vers les ouvriers.

Voyant le visage rouge de l'homme qui vient d'un pas sûr, les adolescentes jettent des regards inquiets et abandonnent rapidement les plats pour se mettre à l'abri. Les ouvriers voient, dépités, les jeunes Indiennes s'envoler et un prêtre furibond arriver :

— Messieurs, l'heure n'est pas aux loisirs, nous devons d'abord finir de bâtir la croix. Vous aurez tout le loisir de faire connaissance avec les autochtones plus tard ! Venez !

Passant des visages enjoués de la jeunesse indienne aux traits tirés du prêtre dont les commissures des lèvres sont chargés de mousse blanche, les deux hommes emboîtent le pas au prêtre.

Une heure après y être rentré, le sage du village abandonne enfin la grotte, la chevelure ruisselante et s'en retourne d'un pas ferme, probablement au village.

Luis reste interrogatif. Tant de précautions pour un lieu d'aisance ne lui semble pas logique, quelque secret doit résider dans cette grotte. Lorsque le sage est hors de vue, il reste figé en direction de l'excavation. Il n'a pas envie de trahir l'homme en allant voir ce qu'il lui a caché, mais en même temps il ne peut se résoudre à rester sans réponse. Après quelques hésitations, il se dirige enfin vers le lieu mystérieux.

Il y pénètre et, une fois que ses yeux se sont accoutumés à la pénombre, le traducteur s'étonne de n'y rien trouver. L'excavation n'est guère profonde et semble être un endroit idéal pour se cacher de la pluie, rien de plus. Luis inspecte chaque espace du renfoncement, cherchant ce qui a pu attarder le vieil homme si longtemps. La seule chose qui retient son attention est le bassin d'eau, d'une profondeur d'une coudée.

Luis ne comprend pas.

Le vieil homme serait resté une heure à faire des ablutions dans cette eau saumâtre ?

Il inspecte une nouvelle fois la roche, l'escalade pour s'assurer qu'aucun indice ne lui aurait échappé et regagne le sol, sans rien.

Il ne comprend pas. Connaissant l'état d'esprit du vieux sage, il se dit qu'il y a nécessairement quelque chose. Il regarde au plafond et n'y découvre rien. Pas d'offrandes, pas de dessins. Quelque chose dérange le traducteur. Il fixe le bassin d'eau, met sa main puis son bras dedans, y touche le fond, mais lorsqu'il cherche à atteindre les limites, son bras entier plongé dans l'eau ne rencontre aucun obstacle. Luis, jamais à court d'idées, sort de la grotte, brise une branche d'un arbre et, libérée de ses divers rameaux, revient avec une perche d'une longueur de plusieurs coudées. Plongée dans la flaque, cette dernière ne plie pas lorsqu'il la plonge.

– Cette flaque ne semble pas en être une, mais en même temps cela peut-il changer quelque chose ? se dit Luis.

Il abandonne cette piste, inspecte une nouvelle fois la grotte sans convictions et, bras croisés, reste pensif. Il quitte la grotte, scrute l'entrée, y rentre à nouveau, jette ses yeux dans les coins, imaginant qu'un indice lui aurait échappé, et trépigne d'énervement.

— Il y a nécessairement quelque chose. Le vieux sage n'est pas resté une heure en face du bassin d'eau, se dit-il en fixant l'eau paisible.

Soudain, comme résolu, il fait demi-tour, quitte la grotte une nouvelle fois, sort une corde de sa besace, fait un nœud autour d'un arbre et revient dans l'antre, l'extrémité de la corde à la main. Il s'agenouille face à l'eau, se fige un instant puis se reprend, noue la corde à son poignet et inspire profondément à plusieurs reprises. Il se fige une nouvelle fois, hoche la tête, remplit ses poumons et tête première plonge dans le bassin.

C'est à l'aveugle qu'il avance dans l'eau dans un passage qui permet tout juste à un homme de se glisser. Très vite il sent que la pierre dispose de prises qui permettent d'avancer dans l'eau sans avoir à nager. Après une douzaine de coudées, le traducteur retrouve la surface.

– Le vieil homme m'a caché ses talents de nageur, se dit-il amusé et content d'avoir trouvé une solution à son problème.

Détachant la corde accrochée au poignet, il regarde à gauche et à droite et s'étonne d'arriver à distinguer, même si cela est difficile, son environnement. Au loin, il voit une lueur, fronce les yeux pour tenter de s'accoutumer et ne devinant ce qu'il en est, se dirige pour découvrir de quoi il retourne.

Lentement, il avance sur la roche humide dans une atmosphère chargée. Posant la main sur le mur glacé, il se rend alors compte qu'il a une consistance métallique.

Il s'agit d'or.

L'homme continue à avancer.

Se dresse alors devant ses yeux ébahis une statue entièrement faite d'or. Elle trône là, au milieu de la pièce et représente un singe bedonnant dont les crocs immenses impressionnent Luis. Encore ébahi, il fait le tour de la statue et constate que chaque détail a été soigné, chaque bras – parce que la statue en a plusieurs – sont incrustés de détails qui laissent le traducteur pantois.

Face au singe, il s'arrête alors, a l'impression qu'il le regarde.

Malgré l'absence de lumière la statue semble rayonner tout comme la pièce. Luis remarque alors que les murs également sont recouverts d'or. Pas le moindre recoin de la pièce n'est pas recouvert du précieux métal.

Devant la statue, un plat, également recouvert d'or comme si le dieu n'avait pas le droit d'être en contact avec autre chose que le métal pur, et dedans des fruits.

Luis reste coi devant la statue. À aucun moment depuis ses échanges avec les Indiens, ces derniers n'ont pas fait état de ce temple. À aucun moment, il n'a constaté un travail d'orfèvrerie si soigné, si réaliste. La tribu réserverait-elle ses talents pour leur dieu ? Ou alors est-ce une relique d'un âge qui serait aujourd'hui loin ?

Beaucoup de questions restent encore en suspens lorsque Luis se décide à prendre le chemin du retour, prenant sa respiration et se demandant encore comment le vieux sage du village est encore capable, à son âge, de pareilles prouesses.

∽

Le soir commence à tomber sur la Nativité lorsque le prêtre arrive avec, en retrait les deux ouvriers. Au centre du fort est réunie une poignée de marins, dont les deux Francisco. Ils partagent là une invention indienne qui va bientôt se répondre en Europe : la pipe à tabac. Les deux langues de vipère commentent au passage des trois hommes :

— L'ambiance est au beau fixe ! À croire que le prêtre ne sait se faire des amis, commente l'un des Francisco.

— Étrange tout de même que le Pedro l'ait suivi, c'est un type bien pourtant. Je me demande pourquoi il est allé se fourvoyer dans pareilles aventures.

— Il fuyait probablement quelque chose

Faisant une moue de circonspection, le second Francisco prend la pipe que son voisin lui tend, et inspire profondément, l'invention indienne à la bouche. Les yeux fermés, sereins, il expulse lentement la fumée par volute.

Plus tard, alors que la nuit a définitivement posé son voile sur la colonie arrive enfin le traducteur, Luis, essoufflé.

Le gouverneur de la colonie, Diego, seul, pensif, s'apprête à quitter son bureau lorsqu'il tombe nez à nez avec le traducteur.

— Luis, enfin vous voilà ! Encore un peu et la nuit vous aurait empêché de revenir, commente le gouverneur.

Luis, ne sachant que répondre, bégaie, met un moment à trouver une réponse adéquate, lorsque Diego continue :

— Et du neuf aujourd'hui ?

— Beaucoup de choses, vraiment beaucoup, répond Luis, content d'avoir enfin un sujet.

— J'espère que cela vaut son pesant d'or. Nous avons besoin de richesses, cette expédition doit être rentable !

Luis s'apprête à répondre, se fige puis reprend :

— Malheureusement, mes découvertes n'ont pas de valeur pécuniaire...

— Dans ce cas, nous en reparlerons plus tard. Ou pas, coupe le gouverneur. Je suis exténué et n'ai pas le temps pour cela.

Et le gouverneur abandonne Luis pour rejoindre sa hutte.

38ème jour – 12 février 1493

Voilà des heures que dure cette tempête qui fait rage au milieu de la mer Océane. Autant la traversée à l'aller a été une formalité, autant ici le doute règne sur la caravelle qui a abandonné ses 39 camarades voici cinq semaines.

Depuis le château de la Nina, l'Amiral voit ses marins se démener sur le bateau qui accuse désormais les outrages de leur pérégrination. Le navire prend l'eau à maints endroits, rongés par des vers d'une voracité que le marin, pourtant expérimenté, n'a jusqu'alors jamais constatée.

Devant lui Pedro, les traités tirés, la peau brûlée rejoint la poupe du navire pendant qu'un autre marin, Rodrigo, le teint blafard remonte de la cale.

Une vague s'écrase sur le pont et manque de peu d'emporter un homme par-dessus bord.

L'Amiral doute. Sa bonne étoile l'a jusqu'à présent

préservé, mais l'aurait-elle désormais quitté ? Serait-ce la fin ?

La vague qui a balayé le pont a tout emporté sur son passage. Deux marins se précipitent vers la mer pour constater que ce qu'ils ont pris pour un homme est, en fait, un tonneau vide.

Une seconde vague envahit le pont et projette contre le grand mât un marin qui retombe inconscient. Le capitaine hurle des ordres, mais ils peinent à être entendus. Des marins relèvent enfin le malheureux et l'emmènent au sec. L'Amiral reste inquiet.

Et qu'est-il advenu de la seconde et dernière caravelle commandée par Alonzo Pinzon ? Une nouvelle fois, elle nous a fait faux bond. Cette fois-ci, vu la mer, on peut leur accorder le bénéfice du doute. Mais peut-être gise-t-elle désormais à mille pieds de fond.

Suivant les marins qui transportent leur coreligionnaire au sec, le capitaine découvre alors la grande majorité des marins, éveillés, en train de prier.

Il reste un instant, hésite sur la conduite à adopter et, finalement, regagne sa cabine.

Sentant la tempête qui redouble de force, l'Amiral de la mer Océane soupire.

Si l'aventure s'arrête là, il faut au moins que le monde sache. Qu'il sache qu'une route vers les Indes existe par l'Ouest. Je le savais. Je le pressentais. Je l'ai prouvé. La mer ne s'arrête pas dans un précipice qui engouffre les navires et avec eux, leurs marins. Des terres richissimes ne demandent qu'à être explorées et à adopter la religion catholique. Les rivières charrient des onces d'ors dont les Indiens, même le plus modeste, se recouvrent. Il faut que les rois d'Espagne soient informés de cela.

La plume de l'homme glisse sur le papier. L'Amiral des mers ne veut pas que sa découverte revienne à un futur audacieux. Les accords signés avant son départ restent valables, même s'il ne sera plus là pour les faire exécuter.

Et roulant la feuille dans une toilée cirée, il marmonne alors :

— *Le pire serait que le Pizon s'arroge les bénéfices de ces découvertes. Maudit soit ce gredin.*

Haussant les sourcils, il hèle alors le nom d'un marin, lui enjoint de placer le message dans un tonneau et de le jeter à la mer.

Un instant après, voyant le tonneau malmené par la mer, il soupire :

— *Plus je ne peux pas. Le reste n'est plus de ma capacité.*

Et l'Amiral regagne sa cabine, dans une houle qui rend le déplacement sur le pont périlleux.

42ème jour

Allongé sur le dos, le marin en train de se faire ausculter par le médecin demande, inquiet :

— C'est revenu, c'est cela ? Je ne m'en suis pas débarrassé ?

Le docteur ne répond d'abord pas et après avoir constaté que les taches rosacées recouvrent pratiquement l'ensemble du dos du marin, commente :

— C'est moins grave qu'avant mais toujours présent. Le traitement au mercure a visiblement repoussé le mal un temps, mais n'a pas eu raison de lui.

— Ces taches ne me posent pas de problème outre mesure, répond le marin. En tout cas, je les préfère à votre traitement initial qui est pire que le mal.

Le marin-médecin, un brin vexé, répond :

— On ne sait comment évolue le mal. Ni son mode de transmission. Nous allons réduire la concentration de mercure dans l'onguent afin de minimiser les effets secondaires.

Le malade souffle de découragement devant l'idée d'avoir à être une nouvelle fois confronté au mercure, lui qui se porte désormais bien.

Encore circonspect par ce retour inopiné de la maladie dont il pensait s'être débarrassé, le médecin, devant la case des malades, s'arrête, reste pensif. Voyant le gouverneur, il s'approche de lui, découvrant par la même occasion la teneur de la discussion houleuse que Diego tient, à ce moment avec le traducteur, Juan :

— Oui, alors vous n'avez qu'à passer cette nuit chez vos Indiens. Mais en revanche, je vous mets en garde, en cas de problème, nous n'interviendrons pas. C'est à vos risques et périls.

— C'est parfait, répond insolemment Juan. Je m'en vais de ce pas.

Les veines temporales encore apparentes, le gouverneur découvre que le médecin l'a rejoint et commente :

— Pourquoi tout le monde doit-il rendre les choses compliquées ? J'espère que vous n'avez pas, vous aussi, de récriminations à soulever !

Tout en sifflant, Luis franchit l'entrée de la colonie qui dispose désormais d'un poste de garde et d'un portail qui jusqu'à présent ne se referme qu'une fois la nuit tombée. Il salue fraîchement ses camarades et prend la direction du village indien.

Tout en suivant le sillon tracé par les allées et venues entre la Nativité et le village de Guacanaric, il réfléchit à la conversation qu'il a eue avec le gouverneur. Ce dernier, devant le peu d'or qu'il a été en mesure de rapporter, réfléchit à la mise en place d'un impôt, dont les Indiens devraient s'acquitter.

— Eu égard à ma motivation relative aux précieux métal, les trois grains d'or rapportés sont même un bon résultat, se dit-il. En l'espace de deux mois, nous sommes passés de simples visiteurs à celui d'exploitant de l'Île. Deux petits mois... Je laisse le soin au gouverneur d'annoncer cela au chef Guacanaric, lui si amène. Il va être surpris de ces visiteurs venus de la mer. Les mains chargées de verroteries sans valeur hier et demain, solliciteuses d'or. J'imagine mal les Indiens si libres, se plier à de telles contraintes. Le chef Guacanaric acceptera un jour, deux, dix... mais cela mènera à une révolte. Ou plutôt ils vont tous déserter. À l'image de ce qui se passe lorsqu'ils voient approcher, même au loin, les peuples caraïbes. Et après...

Juan lève les sourcils et soupire. Le traducteur voit alors au loin un groupe d'Indiennes gloussantes. Il leur sourit vaguement, feint de n'y prêter attention. Puis la reconnaît. Une Indienne parmi les autres et pourtant différente. Il ne peut détacher son regard d'elle, ralentit le pas, hésite. Cette faiblesse qui l'envahit le dérange, il ne veut pas, souhaiterait y résister. Il se fait violence, inspire profondément, et reprend son rythme initial.

Entendant résonner au loin des chants latins avant même d'arriver, Luis se sait bientôt arrivé au village.

Le prêtre est déjà au travail.

— On peut lui prêter beaucoup de défauts, mais pas la flemme. Il dispose une rigueur qui explique peut-être son succès auprès des foules, se dit Luis tout en passant devant le chœur rassemblé face au socle de la croix. Et ce chœur... Des adultes se sont désormais joints aux enfants. Que leur raconte-t-il donc pour les convaincre ?

Sans réponse, le traducteur rejoint la hutte du chef où

l'attend le sage du village, toujours content de retrouver son interlocuteur venu de la mer. Désormais de plus en plus prompt aux confidences, celui-ci lui révèle que le chef Guacanaric est parti rencontrer le chef du caciquat voisin. C'est ainsi que l'on nomme les cinq régions qui divisent l'île. À la tête de chaque caciquat se trouve un chef qui règne comme bon lui semble.

— Guaranaric est pacifiste, mais il n'en est pas de même pour les autres tribus, bien plus belliqueuses.

Un statu quo a été établi entre les différentes tribus, mais il fut un temps où le caciquat voisin, Maguana en tête, voulait faire disparaître notre tribu, révèle le sage.

Voyant que le sujet intéresse le traducteur, le sage continue :

— De même, des tribus de la mer débarquent fréquemment pour enlever des personnes. Chaque débarquement est accompagné de saccages, de massacres, de disparitions. À chaque fois, nous repartons à zéro, redressons les huttes démolies, ajoute l'homme, mélancolique.

Le traducteur comprend alors pourquoi les habitations, l'agriculture ou encore l'organisation des Indiens, restent sommaires. Nul intérêt d'investir dans quoi que ce soit vu que cela sera anéanti tôt ou tard.

L'après-midi se passe ainsi au gré des révélations du vieil homme et lorsque la nuit commence à tomber, Luis, comme convenu avec le gouverneur, va rester là, s'évitant ainsi un retour qu'il juge inutile.

La hutte du chef Guacanaric est bientôt envahie par les femmes du chef, venues partager le souper, à même le sol. Elles sont là, en cercle, en compagnie de Luis qui est le seul membre masculin avec le vieil homme et le chef du village. Ce dernier, très loquace, monopolise la conversation, faisant glousser l'ensemble de ses femmes. Luis ne comprend que vaguement cette hilarité et arrête complètement de chercher à comprendre lorsque ses yeux se posent sur une Indienne. C'est *Elle*, une nouvelle fois, si proche de lui mais tellement loin en même temps. Les exclamations, les rires, continuent, mais de cela, Luis n'en a cure ce qui n'échappe pas au vieil homme.

À la fin du repas, le traducteur reprend ses esprits lorsque les femmes, et une en particulier, quittent la hutte et laisse les trois hommes ensemble. Ils abandonnent alors à leur tour la hutte pour gagner un *bohio* plus petit, probablement celui du vieil homme.

Les trois hommes s'assoient au centre lorsqu'une Indienne vient déposer devant eux une boîte à tabac. Juan n'y prête que peu d'attention, échangeant des politesses avec les deux Indiens. L'Indienne revient avec une pipe déjà fumante et la tendant au chef du village, les bracelets qu'elle porte attirent son attention. Son regard remonte le bras et bifurque lorsqu'il constate que c'est *Elle*. À nouveau.

La coïncidence ne semble pas fortuite. Elle s'assoit alors docilement à côté de Luis, les yeux baissés.

Inspirant profondément sur la pipe, le chef du village expulse des volutes de fumée et la tendant au vieil homme, commence la conversion.

— Mirina est une femme particulière, elle n'est pas native de l'île. Elle m'a été offerte par le chef Maguana suite à une guerre qui nous a opposés. En l'occurrence, il s'agissait d'un cadeau empoisonné : il la haïssait tellement qu'il s'en est débarrassé. Lui-même l'a reçue d'une autre tribu dont le nom m'échappe à présent.

Luis se retourne vers la jeune femme qui reste impassible. Le chef du village reprend sa conversion pendant que le vieil homme tend la pipe à l'Espagnol:

— Mais nous sommes un peuple pacifiste. Elle est ma femme et à aucun moment elle n'a été forcée d'agir contre son gré.

Luis se tourne à nouveau vers elle, ne la voit pas tressaillir. Maintenant qu'elle est si proche de lui, il peut la détailler à souhait.

— Oui, ses traits sont différents. Sa façon d'interagir avec lui également. Son effronterie. Son assurance. Une Sémiramis semble sommeiller en elle, se dit Luis.

Luis se sent proche d'elle par son originalité, tellement différente de ses semblables. Obligée de vivre avec eux. Et cette incertitude concernant son passé. Fille d'esclaves ou de rois ? L'absence de réponse a parfois cela de bon, que l'on peut les rêver. Lui qui a dû changer de nom, a dû taire les bribes de passé auquel il peut à peine s'accrocher, se trouve des points communs avec la Belle.

Luis expulse à son tour la fumée et sans y prêter plus d'attention que cela, tend la pipe à l'Indienne. Le chef du village, qui s'attend à réceptionner le tabac, garde le bras tendu et voyant que l'Indienne ne compte pas la lui rendre immédiatement, se ravise.

L'Indienne met la pipe à sa bouche maladroitement et inspire. Elle tressaute, fait comme si de rien n'était et expulse la fumée en formant de longues volutes.

Bouillonnant, le chef du village serre les dents et récupère la pipe que lui tend alors l'Indienne. Le vieil homme comme Luis sourient intérieurement, mais n'en laissent rien transparaître.

Une nuit noire envahit alors complètement la hutte. L'Indienne d'abord puis les deux hommes abandonnent Luis. Il s'allonge sur les nattes disposées à même le sol et s'apprête à s'endormir lorsque quelqu'un revient dans la tente.

C'est Mirina. Il lui sourit. Enfin, elle laisse s'échapper un sourire de son visage. Elle se rapproche de Luis, s'agenouille puis s'allonge sur les nattes, blottie tout contre le traducteur dont le cœur bat alors à tout rompre.

50ème jour

— Rien ne va ! répète pour la seconde fois le gouverneur Diego à son adjoint Pedro Gutierrez qui feint de compatir à la colère de l'homme.

Le gouverneur souffle, passe la main dans sa barbe comme pour trouver une solution puis s'éloigne de son adjoint. Il s'arrête, se retourne et revient vers lui, le visage rouge de sang.

Pedro, mal inspiré, demande maladroitement :

— Que fait-on alors pour les disparus ?

Le gouverneur inspire bruyamment et comme calmé, expire lentement et répond sentencieusement :

— Rien. Nous ne faisons rien. D'ailleurs qu'y aurait-il à faire ?

Son interlocuteur reste stoïque, sans réponse à apporter. Il baisse les yeux et laisse planer un silence.

— Si nos agriculteurs ont décidé de déserter, d'aller en randonnée, nous ne pouvons leur courir après ! rajoute Diego, résigné.

L'adjoint acquiesce d'un signe de la tête.

— Et si quand bien même nous voulions agir, que pourrions-nous bien faire ? Publier un avis de recherche ? Parcourir l'île ? continue d'argumenter le gouverneur.

— Et si Gabriel et Sebastian ont simplement eu envie de visiter l'île ? Ou de vivre la vie de bohème avec leur nuée d'Indiennes qui ont déguerpi à notre arrivée ? continue l'homme.

Marquant un point final à ses hésitations, il reprend :

— À ce stade, il n'y a rien à faire qu'attendre. Et prier. Espérons simplement que rien de grave ne leur soit arrivé. Mais s'ils reviennent, je serais curieux de savoir ce qui s'est passé.

L'adjoint acquiesce une nouvelle fois.

Le médecin de la Nativité, glacial, rejoint alors les deux hommes. Le voyant, le gouverneur l'invite à révéler ses conclusions.

D'abord gêné par la présence de l'adjoint, il hésite un instant, puis commence :

— Deux nouveaux marins ont contracté exactement les mêmes symptômes que les quatre autres hommes mis à l'écart : des taches rosacées sur le dos, parfois ailleurs, non douloureuses. Pour l'heure, je leur administre le même traitement qu'aux autres : un onguent à base de mercure.

L'adjoint, acerbe, commente :

— Je parie que ce sont ces maudits Indiens qui les ont empoisonnés. Ils doivent nécessairement cacher quelque chose derrière leur apparente aménité...

— Si c'est un poison, il ne fonctionne guère : les malades vivent très bien avec le mal, ne s'en plaignent pas. Mis à part l'aspect esthétique, cela ne pose pas de problèmes outre mesure, répond le médecin en faisant une moue de circonspection.

— Bien évidemment, il faudra voir comment cela évolue, rajoute-t-il, se reprenant d'une réponse un brin trop optimiste.

Diego soupire une nouvelle fois, pose sa main sur l'épaule du médecin et le remercie. Il abandonne alors les deux marins et s'en va faire son tour d'inspection quotidien.

Sa première étape le mène au stock où Christobal rapporte sur une ardoise les quantités de vin qu'il vient de distribuer à un groupe de marins. Pour l'heure, la grande majorité des victuailles et en premier lieu les biscuits ont été boudés par les marins qui leur ont préféré des mets frais et variés offerts par la nature. Les grandes quantités de vin, du Jerez, apportées par les trois navires, restent abondantes et devraient permettre de subsister sans restrictions les prochains mois.

— Espérons seulement que l'Amiral sera de retour rapidement. Sinon, je ne saurais contenir les hommes, se dit Diego. Dommage que nous n'ayons pas pris de plants de vigne avec nous, sinon cette île serait vraiment un paradis.

Diego quitte alors ses pensées flâneuses et se dirige vers le portail de la colonie, alors ouvert. Devant, les deux Franciscos sont en train de mimer quelque scène qui les rend hilare. Tout à tour, ils se lèvent, tendent les bras au ciel, font des signes de croix, tombent à genoux et finissent par frapper le sol. S'ensuit une scène que l'auteur de ces lignes a cru bon de n'en pas donner plus de détails.

Diego fronce d'abord les yeux puis exaspéré hurle les noms des marins :

— Francisco, êtes-vous pris de démence ?

Les deux hommes se redressent avec une célérité que le gouverneur ne leur a jamais connue, bafouillent une réponse incohérente, les visages empourprés.

Le gouverneur, magnanime, un brin amusé mais les traits sérieux leur demande de tenir convenable leur poste :

— Messieurs, ouvrez un théâtre si vous avez envie de vous mettre en scène... mais soyez sérieux pendant vos heures de surveillance. On ne sait jamais à quoi s'attendre.

Les deux Franciscos, plein de signes de déférence, font mine d'avoir compris. À moitié convaincu mais bien obligé de leur faire confiance, le gouverneur s'en retourne vers le chantier qui continue à l'autre bout de la colonie.

En ce lieu, quatre marins sont en train de dresser un

tronc d'arbre qu'ils alignent avec les autres. Diego laisse errer ses pensées :

Que vaudra cette palissade en cas d'attaque ? Serons-nous vraiment capables de tenir un siège contre des Indiens qui sont là chez eux, nous autres marins perdus, reconvertis en charpentier. Nous n'avons à priori rien à craindre de la tribu marien, mais qu'en est-il des autres tribus ?

Détournant son regard de la palissade et évitant par la même occasion de répondre à ces interrogations, il voit au loin la petite croix de Pedro, décédé voici quelques semaines.

Mélancolique, il se rapproche du monticule de terre où repose le marin, mort suite à une morsure d'araignée. Sa modeste croix, dressée dans la hâte, comporte un nom à demi effacé et, recouverte de poussière, penche déjà.

Voilà comment nous finirons tous. Avec une croix minable, oubliés de tous.

Où est l'Amiral de la mer Océane à l'heure qu'il est ? S'il a suivi le même chemin qu'à l'aller, il doit d'ores et déjà être à raconter ses exploits à la Reine Isabelle. En train de déguster des vins à Séville. Ou alors en prison, rattrapé par quelques créanciers qui se sont rappelés à lui.

Mais où sont les maisons couvertes d'or ? Les rivières qui charrient le précieux métal à la manière de la rivière Pactole ? De tout cela, je n'en ai rien vu. Espérons que l'Amiral saura justifier une nouvelle expédition. Ou alors, cela en sera fini de nous.

La nuit tombe sur la Nativité. Aucune nouvelle des marins-agriculteurs n'est parvenue.

Comme chaque jour, sitôt que le soleil commence à tomber, des nuées de moustiques viennent agresser les marins qui peu à peu s'habitue à ces charognards. Ci et là fusent des insultes, à chaque fois que l'insecte réussit à se nourrir du sang de l'un des 38 marins.

60ème jour – 4 mars 1493

Un sourire se forme péniblement sur le visage aux traits tirés de l'Amiral des mers lorsqu'il reconnaît enfin l'embouchure du Tage. Il se sait sauf, lui et ses compagnons, depuis que son navire a atteint les Açores voici deux semaines, mais tous attendent impatiemment de rejoindre le continent.

Enfin, nous voilà de retour après huit mois de mer. Tout n'a pas été facile, mais les quelques déconvenues rencontrées vont vite être oubliées.

Et tournant son regard vers les rives du fleuve, le marin, les cheveux blancs, mi-longs, sourit.

Nous sommes attendus. Toutes ces personnes venues nous voir ne sont que le début de notre triomphe. Qui les a prévues ? Les idées circulent parfois plus vite que les hommes.

D'autres marins, voyant les spectateurs amassés sur le rivage, se sont amassés sur le pont et les saluent.

Les navires ont été soumis à rude épreuve. Pour notre prochain voyage, il faudra que l'on dispose d'outils pour pouvoir les réparer et les entretenir. Le bonheur du moment fait oublier que la traversée du retour a été éprouvante. Plus longue aussi.

Et regardant ses marins, fiers d'un tel accueil, il continue sa pensée.

Mais nous l'avons fait. Nous avons donné tort à ces savants, si sûrs d'eux. Eux et les cours qu'ils servent. Ces possédants qui n'ont pas besoin de se remettre en cause. À qui j'ai dû expliquer, réexpliquer, étayer, qui m'ont fait corriger, modifier voire même douter de mon projet de route vers les Indes. Tous avec leur sourire moqueur quand je leur ai présenté le projet...

Des gloussements de jeunes femmes sur le rivage focalisent l'attention des marins et avec eux l'Amiral qui sourit.

Mais les rois catholiques nous ont donné une chance. Et l'argent des conversos a fait le reste. Grâce leur soit rendue.

Son visage devient plus dur.

Le plus compliqué reste à faire. Découvrir est une chose. Mais désormais il va falloir revendiquer. Jouer de l'entregent, lui l'Amiral de la Mer Océane, vice-Roi et gouverneur général des territoires découverts comme convenu dans les capitulations de Santa-Fé.

Voyant sur les berges de riches spectateurs, avec leurs pourpoints rehaussés de velours, le marin soupire.

Tous ces nantis qui entrouvraient leurs portes hier, lui délivraient une courte audience péniblement, les voilà à le regarder. Les choses changent. Le monde va changer.

Il relit la lettre qu'il a dans les mains.

Et pour preuve, voilà que je suis invité par le roi du Portugal, Jean II.

Il sourit, à nouveau, amusé.

Lui et ses soi-disant savants qui ont refusé en bloc toute possibilité d'une voie vers l'Ouest voici quelques années.

Regardant vers l'horizon, le marin Génois savoure sa revanche.

65ème jour – 9 mars 1493

L'Amiral des mers quitte furieux l'audience privée, demandée par le roi du Portugal, Jean II. Malgré sa méfiance initiale, l'Amiral des mers n'a pu s'empêcher de s'épancher en émerveillements sur ce Nouveau monde qu'il a découvert. Le roi l'a laissé parler, les yeux grands ouverts, visiblement impressionné.

Et à l'issue du compte rendu du marin, il a laconiquement conclu que toutes ces découvertes, suivant des accords internationaux en vigueur, lui sont dues.

Le marin a soudainement blêmi avant qu'on ne l'invite à quitter la pièce.

67ème jour

Au sein de la Nativité, le stock est l'un des endroits qui suscite le plus de convoitises. Aux armes, poudre et autres outils s'y adjoint également une denrée que les marins ont apportée avec eux et que ne leur fournit pas l'île : du Jerez.

Le précieux breuvage, sans faire l'objet de rationnement, est tout de même consommé sur une base convenue par le gouverneur. Et Christobal, le responsable du stock chargé de veiller à ce titre au respect de sa distribution, fait chaque jour l'objet de sollicitations :

— Voyons, nous finirons de toute manière six pieds sous terre, donc autant en profiter maintenant ! tente de le convaincre un marin.

— Ce n'est pas moi auprès de moi qu'il faut argumenter, répond sèchement Christobal. Vois avec le gouverneur.

Constatant qu'il n'a que peu de prises sur l'homme, le marin s'en retourne, dépité.

Christobal, un brin exaspéré, se lève et après une inspiration profonde, expire calmement, comme pour évacuer son énervement.

Il lève alors son bras, tend la paume de sa main droite vers lui et, la fixant, ferme le poing lentement et exécute l'opération inverse, tout aussi lentement.

Pour une raison qui lui échappe, ses articulations craquent, comme un vieil homme. Il s'en retourne, avec l'impression que tout son corps est soudainement devenu vieux, fatigué, lourd.

L'homme inspire profondément, expire calmement, répète le même exercice. Une douleur au niveau de l'abdomen l'assaille.

Ayant l'impression d'étouffer, il quitte le stock, revient à la lumière du jour. Debout, il respire difficilement, profondément, lentement comme pour se calmer. Des gouttes de sueur perlent à son front. Il a soudainement chaud, a l'impression d'étouffer. Un frisson traverse son corps et ce sont des gouttes de sueur glacées qui viennent bientôt glisser le long de ses tempes, rejoindre son cou et enfin se jeter dans sa chemise.

Lorsqu'un de ses compagnons, inquiet, le rejoint, son pouls s'accélère, tout se met à chanceler autour de lui et il s'écroule sur place.

Rouvrant les yeux quelques instants après, le responsable du stock, allongé à même le sol, découvre le médecin de la Nativité, un genou à terre, en train de l'ausculter.

— Du repos, il lui faut du repos et concernant les bosses qu'il a au front, il suffit d'appliquer un bandage froid régulièrement, conclut-il.

— Et il faut trouver quelqu'un d'autre pour gérer le stock, rajoute-t-il une fois que le gouverneur et Pedro Guetierrez les ont rejoints.

Diego de Arana acquiesce et, à l'abri des oreilles indiscrètes, commente devant son adjoint :

— C'est le cinquième homme que l'on doit mettre au repos. Heureusement que la palissade est terminée sinon je me demande qui pourra finir le travail.

— Demandez à Tristan d'aller se charger du stock, cela l'occupera et évitera qu'il ne passe le plus clair de son temps avec la gent féminine locale, reprend-il.

Alors que le gouverneur a déjà rejoint son bureau installé en plein air, résonne le tocsin. Croyant d'abord à un exercice, certains Espagnols gagnent nonchalamment leurs postes respectifs, certains en surveillance à un coin de la colonie, d'autres, épées à la main prêts à se défendre. Quatre marins sont à l'entrée principale dont le portail est fermé.

Un groupe d'une douzaine d'Indiens se dirige vers l'entrée, menaçant, le visage recouvert de peinture noire, la chevelure plus longue que celle des Indiens de Guacanaric, arc à la main.

Devant le nombre et la menace, mais sans connaître véritablement leurs intentions, l'adjoint du gouverneur, demande de tirer un coup de semonce afin d'intimider les Indiens, probablement des Caraïbes, peut-être décidés à en découdre.

Devant le détonnement que viennent de faire éclater les Européens, les Indiens se figent. Surpris, ils n'en sont pas moins intimidés et décochent aussitôt une volée de flèches dont l'une vient se planter dans l'avant-bras d'un des soldats espagnols.

Sans hésiter, l'adjoint donne immédiatement l'ordre de tonner le canon une nouvelle fois. S'ensuit un vacarme assourdissant où les volutes de fumée provoquées masquent l'issue de la confrontation.

Une fois la fumée dissipée, les Espagnols voient en face d'eux les cadavres des Indiens jonchant l'entrée. Bondit alors un Indien blessé qui saisit une lance abandonnée à terre par l'un de ses coreligionnaires et prenant son élan, l'envoie de toutes ses forces vers la colonie. Aussitôt une volée de flèches vient le transpercer.

Tendu, chaque Espagnol reste à son poste, attendant une ultime attaque et ce n'est qu'après un moment que les épées se baissent enfin.

Une demi-heure après la fin de l'attaque le gouverneur est en discussion avec son adjoint au centre de la colonie.

— Vous auriez dû faire preuve de sang-froid et ne pas tirer si vite, cher Pedro. Vous avez abattu une douzaine d'Indiens, commente le gouverneur.

— Et eux ont blessé un de nos hommes. Nous ne pouvons prendre le risque de blesser ne serait-ce qu'un de nos compatriotes pour des... animaux. Nous ne savons même pas s'ils ont une âme !

— Vous auriez dû essayer de discuter auparavant, êtes-vous sûr qu'ils venaient nous attaquer ?

— Et comment aurions-nous discuter ? En mimant ? Les visages hideux recouverts de poisse pour paraître encore

106

plus méchants ne sont probablement pas leur maquillage de promenade. Non, leurs intentions étaient claires.

Le gouverneur soupire. Une guerre ouverte avec une tribu ne peut que compliquer sa tâche et l'issue en sera incertaine. Il reprend :

— Bien. Sujet clos. Désormais il faudra faire doublement attention. Tous les déplacements doivent être armés.

L'adjoint acquiesce et s'apprête à partir quand Diego pose sa main sur son épaule :

— Pedro, vous avez bien géré la situation. Il n'y avait probablement rien d'autre à faire.

Regagnant la scène des combats, le gouverneur assiste à la curée où chaque Espagnol tente de récupérer quelques grains d'or dont les Indiens sont parés. Il détourne son regard, avance vers l'un des cadavres, saisit un des arcs qui lui semble bien mieux fait que ce qu'il a vu jusqu'à présent. Prenant une flèche, il constate que sa pointe, même en l'absence de métal, peut être meurtrière.

Il avance vers un autre cadavre lorsqu'un bijou attire son attention : c'est un collier fait de coquillages travaillés qui sont accompagnés de la verroterie sans valeur que les Espagnols distribuent ci et là.

Le gouverneur lève les sourcils, en s'étonnant. Puis il retourne à son journal, voulant relater les événements de la journée.

70ème jour

Au petit matin d'une journée pourtant déjà ensoleillée, un groupe de marins est attroupé, le teint blême devant le dispensaire. Impassible, il est là à attendre, sans bouger.

Le médecin sort de la case, les manches remontées, le visage exténué par la nuit qu'il vient de passer auprès de Bernardino. Croisant le regard hagard du spécialiste, les hommes postés devant le bâtiment devinent l'issue de la maladie. Le jeune marin vient de trépasser, lui si énergique, toujours plein d'entrain. Soudainement, il a été pris de fièvres, de sueurs, l'appétit coupé. Ses compagnons l'ont vu dépérir petit à petit jusqu'à ce jour fatidique.

— Voici le sort qui nous est réservé, à nous tous, commente un Espagnol, défaitiste. Nous ne sommes pas chez nous. Cette île ne veut pas de nous. Si quelqu'un de jeune, vigoureux comme Bernardino a été vaincu, je ne vois comment nous pourrions, nous, nous en sortir mieux.

Aucune réponse ne fait écho à ses propos. Après un long silence, un Espagnol ajoute :

— Il ne reste plus qu'à l'enterrer. Et à prier pour lui. D'ailleurs, où est le prêtre ? Encore en train d'aider les Indiens au lieu de soutenir ses frères ?

— Mes frères, détournez-vous de ces fausses idoles ! clame le prêtre face à l'assemblée d'Indiens qui ne saisit pas un traître mot de ses paroles.

Saisissant une statuette à tête de singe, l'homme de foi la jette alors au sol et la piétine.

Certains Indiens, choqués, grognent, commentent à voix basse l'action du prêtre mais aucun ne réagit.

Au loin un Européen, bracelet de confection indienne au poignet, en train de partager une pipe avec un homme d'un âge avancé regarde la scène du coin de l'œil. Luis, le traducteur – car il s'agit de lui – commente :

— Et voilà, il fallait que cela en arrive là. Les hommes n'aiment pas la différence. Mais en l'occurrence, au vu de notre nombre, 38, nous aurions dû nous adapter, nous fondre dans la masse, non l'inverse. Nous nous posons en donneur de leçons, en seul détenteur de la vérité.

Se raclant la gorge, il continue :

— Le caciquat marien de Guacanaric est un peuple qui a trop connu la guerre pour s'opposer, ne serait-ce qu'à une religion. Ses relations avec ses voisins sont orageuses, ils ne vont en aucun cas risquer d'avoir un nouvel ennemi. Ici, la religion du père Juan pourra s'imposer. Mais je crains de l'issue avec les quatre autres tribus sur l'île. Plus belliqueuses, plus fières. Plus fortes également. L'un ou l'autre devra céder et mourir. Ce sera eux ou nous.

Le vieil homme et le traducteur continuent la discussion qu'ils ont initialement commencée et qui traite de maladie. L'indien lui indique que de nombreux événements sont survenus récemment. Des morts en bas-âge, plus nombreuses qu'à l'accoutumée. Des maux nouveaux qu'il n'a jamais rencontrés et pour lesquels il se sent démuni, lui qui avait jusqu'à présent réponse à presque tout.

La veille, une poignée de villageois l'a mis en cause, traité d'incapable. Il se sent désormais faible, de plus en plus faillible.

— Mais certaines personnes rejoignent le prêtre. Son Dieu semble pouvoir les aider. Pourquoi pas, après tout, rajoute le vieil homme, magnanime.

Face au dispensaire, à l'ombre d'un arbre qui dispense une fraîcheur bienvenue, le médecin et le gouverneur sont en pleine discussion. À l'écart des oreilles indiscrètes, le gouverneur, inquiet, commente :

— Les remèdes européens ne sont d'aucun secours pour l'instant. Nous avions des malades avec des taches rosacées, nous avons désormais des fiévreux. Certains s'en remettent pendant que d'autres nous quittent.

Le médecin veut modérer ces propos, mais le gouverneur continue :

— Devons-nous nous abaisser à demander de l'aide aux Indiens ? Ces hommes aux teints bistres, qui vaquent à moitié nu dans la jungle, ne possédant aucune science, eh bien, ils se portent comme un charme mon cher médecin !

Ce dernier hausse les sourcils, ne cherchant même pas à donner la réplique au gouverneur. Celui-ci continue :

— Nous avons traversé la mer Océane, pris possession de ces terres au nom de la double Couronne espagnole, sommes le bras armé de l'Église, ici en ces terres païennes, mais pour l'heure nous sommes juste alités. Incapable d'aller plus loin.

Laissant divaguer ses propos, le gouverneur reprend sur le ton de l'humour :

— Nous pourrions peut-être demander aux autres tribus indiennes de nous aider, elles qui n'ont réussi qu'à effleurer un seul homme, distrait, pendant que leurs douze frères ont été abattus en un instant...

Voyant que le propos s'éloigne du sujet initial, le médecin décide de l'interrompre :

— Tout est nouveau pour les marins. L'air qu'ils respirent, la nourriture qu'ils consomment, les femmes qu'ils fréquentent. S'y ajoute la distance du pays, de leurs repères. Il faut leur laisser du temps pour qu'ils s'accoutument et du repos à ceux qui sont malades. Certains symptômes sont nouveaux, il faut aussi le temps de trouver un remède. Le mercure, d'abord trop fort, donne de bons résultats à dose réduite. Il faut poursuivre.

Le gouverneur Diego de Arana compatit :

— Je comprends bien ces difficultés, mais pour l'heure les hommes se mettent à douter, à parler de sorcellerie. Les hommes aux visages peints que nous avons abattus ne seraient que des esprits, envoyés par le chef d'une autre tribu, ajoute-t-il, en levant les sourcils. Et ces maladies seraient des sorts...

— Vous devriez demander à notre prêtre de passer plus de temps ici, je serai curieux de savoir ce qu'il répondrait à ces esprits, répond le médecin.

— Toujours est-il que les hommes sont nerveux. Depuis l'attaque, je leur ai ordonné de se déplacer armés, en groupe. De systématiquement prévenir lorsqu'ils veulent franchir le seuil de la colonie, qui prend petit à petit l'aspect d'une prison, eux qui sont restés là pour les grands espaces, la jungle et d'autres choses, que je ne nommerai pas. Cette tension à laquelle s'ajoute l'impression que nous nous affaiblissons ne les rassure guère...

Le médecin, le visage rouge, piqué par la remarque, répond :

— Sachez que je fais tout mon possible pour venir en aide aux malades, mais notez également que ce sont des maladies nouvelles qui requièrent des remèdes nouveaux. Je ne suis pas magicien !

Le gouverneur acquiesce de la tête et repart, sans ajouter un mot.

Pedro, le jeune Espagnol qui accompagne le prêtre dans son œuvre a l'esprit ailleurs ce matin. Il était jusqu'alors plein d'entrain, le cœur léger, toujours content d'assister le prêtre dans sa tâche, non par conviction chrétienne, mais par l'opportunité de retrouver sa bien-aimée. Or depuis quelque temps, le jeune homme a l'impression que la jeune indienne se dérobe, elle lève à peine les yeux lorsqu'ils se croisent dans le village, à la faveur des travaux qu'il exécute pour le prêtre.

Quelque chose se serait-il passé ? Aurais-je commis une erreur ? Ses sentiments auraient-ils changé pour moi?

L'Indienne n'est pas venue à leur dernier rendez-vous. Lui a d'abord cru à un accident, à un événement gravissime. Mais elle était au village. Elle avait oublié. Simplement oublié. Cela l'a fait rager.

À l'occasion d'une pause dans son travail, Pedro profite de l'occasion pour se promener dans le village, à sa recherche.

Il voit un *bohio*, vide, puis un autre où un groupe d'Indiennes prépare un repas. Elle n'est pas là. Il croise un groupe d'adolescentes qui gloussent quand il les dévisage une à une, à la recherche de sa bien-aimée. Puis il détourne le regard, ne veut se permettre une seule pensée déplacée devant ces adolescentes avenantes.

L'assistant du prêtre continue son errance et, bredouille, s'éloigne du village pour aller se rafraîchir à un point d'eau. C'est là qu'il reconnaît Sa voix. Si douce. Si suave.

Mais passé la joie de la retrouver, il s'interroge sur ce qui la rend si joyeuse. Surtout en son absence. Une voix masculine le fige. Sans se découvrir, il s'approche lentement et découvre la jeune Indienne dans les bras d'un Indien. C'est comme si un poignard venait de se planter dans sa poitrine.

Il recule, trébuche sur une pierre et se relève, la main douloureuse. Il fait comme si de rien n'était, force un sourire sur son visage.

Ce n'est pas grave. Je m'en doutais. Tant mieux

d'ailleurs, au moins la situation est claire.

Retournant au travail, listant tous les défauts de l'Indienne, le jeune Espagnol se convainc qu'il pourra désormais se consacrer sur la mission du prêtre.

Cela vaut mieux que de se perdre pour des amours impossibles. Pour une Indienne mal éduquée. Sans manière. Je vaux bien mieux que cela.

Pedro retrouve le prêtre qui s'étonne de voir le jeune homme mettre tant de cœur à l'ouvrage.

— Probablement quelqu'un de guidé par la foi, se dit l'homme de religion.

Tout en déplaçant des nattes de palmiers avec énergie, Pedro continue de blâmer la jeune Indienne.

Non, cette relation n'avait aucun avenir. Quelle perte de temps que de s'abaisser pour une sauvage.

Et portant à son nez un mouchoir qu'elle lui a donné, il retrouve son parfum et une foultitude de réminiscences jaillissent soudainement, faisant éclater le jeune homme en sanglots.

Mais qu'il était bon de s'abaisser pour une si délicieuse sauvage.

87ème jour – 31 mars 1493

Au monastère de la Rabida, dans le sud de l'Andalousie, un homme rend son dernier soupir. Depuis son retour près des côtes espagnoles, son état physique est de mal en pis. Et lorsqu'il a définitivement amarré son navire au port de Palos, c'est à bord d'une civière qu'il a quitté la Pinta, la caravelle depuis laquelle a été découverte cette terre, les Indes, en passant par l'Ouest. Et depuis, l'homme se mourrait petit à petit, dans ce monastère franciscain. En ce matin du 31 mars, le commandant Alonzo Pinzon ferme pour toujours les yeux.

102ème jour

L'aube est à peine levée sur la Nativité lorsque ses habitants se rassemblent au centre de la colonie. Mais cette fois-ci ce n'est pas pour distribuer les différentes tâches comme à leur habitude, mais pour écouter l'oraison funèbre que le prêtre Juan a préparée. Derrière l'homme se trouvent en effet deux cercueils, aux finitions médiocres.

Le traducteur Luis, de plus en plus rare dans la colonie, debout à côté du gouverneur, commente :

— Le sort nous frappe comme il frappe également les Indiens. Ils ont enterré un jeune homme voici deux jours encore.

— Ne parlez pas de sort alors que nous sommes en pleine cérémonie religieuse. Je sais que Juan n'a jamais été ordonné, mais diantre un peu de réserve ! répond le gouverneur tout en continuant de regarder droit devant lui.

Le traducteur se tait. Lui qui a quasiment déserté la colonie où l'atmosphère est devenue étouffante.

Le gouverneur a dû augmenter les rations de vin, autoriser les escapades qui ne trouvent aucune justification si ce n'est qu'il est impossible de les empêcher.

Récemment, de jeunes adolescentes sont revenues blessées au village de Guacanaric après une disparition de plusieurs jours. Elles ont accusé deux Espagnols d'avoir été leurs geôliers.

Le chef Guacanaric, déjà en mauvais termes avec les caciquats voisins et de peur de mécontenter ces Dieux venus de la mer, a morigéné les jeunes filles, les accusant d'affabuler, cautionnant par là même les actes des Espagnols qui se sentent désormais confortés dans leurs façons d'agir.

Luis soupire, regarde les traits tirés, fatigués de ses camarades, venus peu nombreux assister à l'enterrement de l'un des leurs.

— Les autres sont agonisants ou saouls, répond l'un des Francisco, l'un des rares Espagnols ayant conservé le sourire. Bientôt il y aura plus de malades que de bien-portants, et sous peu plus de morts que de vivants.

— Beau programme en perspective ! commente Luis en haussant les sourcils.

Regardant autour de lui, Luis voit le visage livide de l'un, le teint jaunâtre d'un autre. L'image des deux gardes, affalés, déjà saouls au beau matin lui revient. Passant devant lui, un marin espagnol claudique, probablement blessé au talon.

A l'issue de l'enterrement, le traducteur s'apprête, dépité, à reprendre la direction du village indien lorsqu'il voit deux hommes, accroupis, affairés à inspecter quelque chose. Curieux, il les rejoint.

Ce sont en fait le gouverneur et son adjoint, en face de la palissade.

— Quel travail médiocre, regardez ce bois, à peine en place et déjà rongé. Je ne donne pas cher de notre peau en cas de nouvelles attaques indiennes, analyse le gouverneur tout en grattant du bout du doigt les parties friables du tronc.

— Les marins ont récupéré le bois du bateau. Probablement qu'il était dans un mauvais état. Si nous avions dû tailler chaque planche, cela aurait été long, compliqué et aurait requis des outils. Beaucoup d'outils.

— Cela est nécessaire. Nous prendrons le temps qu'il faut, répond le gouverneur se retournant en entendant le traducteur s'approcher.

— Luis, dites-moi, vos Indiens ne seraient-ils pas capables de nous fournir des planches de bois ?

— Non, MES Indiens n'ont pour murs et toits que des membranes de palmier. Cela protège du vent, des intempéries et ne nécessite que quelques heures pour être confectionné. Ils pourront vous en fournir autant que ce nécessaire. Mais de planches de bois, j'en doute.

Imbu, le gouverneur fait une moue de déception.

Luis, sans ajouter un mot, s'éloigne et prend définitivement la direction du village indien.

120ème jour

Un rayon de soleil pénétrant la paroi de palmiers abîmée de la case réveille le gouverneur. Celui-ci ouvre lentement les yeux, déglutit avec difficulté sa salive et posant un pied hors du hamac se fige un instant. Sa tête lui pèse lourd, ses gencives sont douloureuses, la lumière vive l'agresse.

Après un instant, l'homme se décide à se lever. Probablement trop rapidement puisque tout se met à tourner autour de lui. De la main il s'agrippe au montant de la porte et lorsqu'enfin il respire sereinement, il rejoint lentement le centre de la colonie où se tient, comme chaque jour depuis l'arrivée des marins, la réunion d'attribution des tâches.

Un genou à terre, l'autre relevé, le médecin, penché vers le malade ne prononce aucune parole. Il souhaite conserver son assurance, mais un doute l'assaille. Les taches roses disparues, sont revenues, plus virulentes semble-t-il, et recouvrent l'entièreté du corps. Même si ces taches sont indolores pour le patient, il va recommander de reprendre le traitement au mercure, qui a été arrêté jusqu'alors.

Mais ses compétences s'arrêtent là. Lui est marin principalement, ses compétences en médecine sont relativement restreintes et dans le cas de ce mal, il doit s'avouer vaincu. Les maux bénins, les fractures et autres blessures sont à sa portée, mais là, cela dépasse son entendement.

Encore songeur, le médecin-marin quitte la hutte et rejoint les marins regroupés au centre de la colonie, déjà prêts pour la répartition des tâches.

À peine réveillé, le prêtre, dans la hutte commune où dorment tous les marins, pose un pied à terre et se lève aussitôt. Un autre de ses camarades se réveille et lorsqu'il se retourne, il voit autour de lui des lits vides. Ici celui de Pedro mordu par un serpent, là ceux de Gabriel et Sebastian, les deux agriculteurs disparus on ne sait où, et Bernardino, qui était toujours si guilleret. Une dizaine d'autres lits ont été abandonnés par les malades, transférés au dispensaire qui a dû s'agrandir.

L'homme devenu d'Église voit le lit de Luis, qu'il considère comme un déserteur, lui qui ne prend même plus la peine de revenir dormir à la Nativité.

Un faux patriote qui montre son visage une fois l'occasion venue.

Pour l'heure, la journée va être chargée, tant de choses restent encore à faire. Tant d'âmes à sauver, à éloigner de leurs faux dieux. Voici la véritable raison qui nous a menés, tout l'or et les richesses que l'on trouvera ici ne seront qu'un moyen pour atteindre ce but. Et reconquérir la Sainte Maison.

Et un sourire aux lèvres, le prêtre rejoint le centre de la colonie.

Le gouverneur, le teint pâle, les bras croisés comme s'il a besoin de se réchauffer, salue les deux Espagnols qui viennent d'arriver. L'homme dévisage un à un les différents Espagnols venus le rejoindre pour leur réunion quotidienne et reste pensif.

Tout le monde est là et pourtant nous ne sommes qu'une petite vingtaine. En un peu plus de trois mois, la moitié des hommes n'est plus en mesure de travailler.

Un frisson lui glisse le long du dos.

Pour l'heure, nous n'avons pas eu à combattre les Indiens. Nous nous sommes tout juste installés. Mais l'île ne semble pas vouloir de nous.

Tout en distribuant les tâches, le chef force un sourire pour tenter de redonner du cœur à l'ouvrage aux Espagnols, mais l'ambiance est morose. Mis à part le prêtre, les marins sont passifs, las.

Les rations de vin ont été augmentées. Les escapades des hommes sont désormais tolérées ou du moins ignorées de peur de les démoraliser davantage.

D'aucuns ont été surpris avec des adolescentes qui se sont trop approchées de la colonie. Certains sont étrangement proches de jeunes adolescents aux muscles noueux. Tous ces écarts de conduite ont été tus. J'ai même éloigné Monsieur bonne-mœurs, Juan, pour faciliter cela. De toute manière cela ne peut être empêché. Une révolte éclaterait.

Le gouverneur soupire. Il se rappelle que l'une des principales raisons de leur présence ici est l'or. La survie est déjà si difficile ici qu'il a perdu de vue cet objectif. Il doit reparler à Luis, qui ne reprend même plus le temps de revenir ici pour dormir.

Sitôt les activités distribuées aux uns et aux autres, le prêtre invariablement assigné aux mêmes opérations, cherche du regard Pedro, pour lui signifier leur départ imminent vers le village de Guacanaric.

Le jeune Espagnol, depuis maintenant quelques semaines, a perdu son entrain qui l'habitait au début de leur aventure. Le prêtre a bien deviné quelques déceptions amoureuses mais content de l'issue de cette relation euro-indienne, espère que le jeune garçon va pouvoir se concentrer davantage sur leur mission divine.

Il n'en est rien et c'est nonchalamment que Pedro rejoint le prêtre pour l'accompagner au village.

Après une marche d'une demi-heure, les deux Européens y arrivent enfin et sont accueillis par un groupe d'enfants qui accourent lorsqu'ils apprennent l'arrivée de leurs dieux venus de la mer.

En fin de matinée, le prêtre finit sa première messe devant une assemblée toujours plus nombreuse, mais toujours privée de la majorité de ses hommes et du chef. Les

Indiens, en rang d'oignons devant la croix dressée voici quelques mois récitent un dernier *Pater* puis repartent vaquer à leurs occupations. Après une rapide discussion avec Pedro, qui manque autant d'idées que de vigueur, le prêtre décide de dresser une nouvelle croix, en lieu et place de l'ancienne. La nouvelle croix devra être plus grande, plus visible, plus imposante. Elle doit marquer les esprits, aider à convaincre les hésitants. Le prêtre se débarrasse de Pedro en lui confiant la réalisation des chevilles. Lui va s'atteler à trouver des arbres de taille et d'aspect convenable avec l'aide des Indiens.

Le jeune Espagnol, morose, sort de sa besace quelques outils et à même le sol, travaille lentement une branche de bois à qui il laisse une longueur d'une coudée.

Soudain, alors que les copeaux commencent à peine à recouvrir le sol, Pedro entend un gloussement qui lui semble familier. Il l'ignore et continue son travail.

Puis, quelques instants après, entend un second rire et se fige.

C'est elle. Quel toupet tout de même ! Ou alors non, je confonds.

Le jeune Espagnol reprend son travail et fait voler quelques copeaux quand il entend un troisième rire étouffé.

Serrant les dents, expirant bruyamment, l'Espagnol se lève, hésite. Il reste là, ne bouge pas, à réfléchir. Puis se décide à se rapprocher du lieu du crime. Une nouvelle fois, il hésite, serre les poings dont l'un contient la cheville qu'il est en train de préparer. Tâtant de la pomme de l'autre main la pointe de cette dernière, il se dit qu'il pourrait se venger.

Arrêtons là. Je deviens déraisonnable. Mieux vaut oublier. Cela ne sert à rien de haïr. Cela ne me rendra pas heureux.

Mais Pedro oublie sa résolution quand un nouveau rire

vient agresser ses oreilles. Il s'approche, est sûr d'avoir reconnu sa voix. Elle semble heureuse à en croire le ton.

Il se rapproche à pas de loup de la hutte que l'Indienne occupe. Elle semble en discussion avec quelqu'un et il est bien décidé à savoir qui. Peut-être est-ce simplement une amie.

Il s'approche encore ; seule la cloison en feuilles de palmier la sépare de lui. Sa voix est désormais distincte, douce. Un sourire vient fleurir sur le visage du jeune Espagnol. Il lui semble possible de sentir son parfum. Du bout des doigts, il écarte l'une des feuilles de palmier pour voir qui est la seconde personne avec qui elle est en conversation.

Il sursaute quand il découvre une peau blanche, un habit européen et ce visage, il le connaît, le haït.

Reculant de trois pas, il trébuche sur une pierre. Regards toujours tournés vers la hutte, il se relève, haletant. Les traits de son visage se crispent, il a l'impression que son cœur, qui bat à tout rompre, va éclater.

Il fait demi-tour, avance, hagard et lorsqu'il voit des Indiens venir vers lui, détale ; il veut quitter le village, quitter cette île.

Sans réfléchir, le jeune Espagnol avance, suit un chemin, ignore des Indiens qui le saluent. Sa cheville taillée toujours à la main, il continue de courir.

Au bout d'un moment, essoufflé, le visage rouge, il arrive en haut d'une falaise. Il s'arrête, voit au loin l'océan, voudrait repartir.

En bas de la falaise, il reconnaît le lieu où les deux jeunes amoureux avaient pris l'habitude de se rencontrer. Son cœur lui fait mal. Il reste là, le regard fixe sur la jetée.

Soudain, il entend un bruit près de lui. Se retournant l'Espagnol tombe nez à nez avec l'Indienne.

Il sursaute, fait un pas en arrière et, la roche friable ne retenant pas ses pieds, bascule dans le vide.

La jeune femme s'avance, tente de le rattraper, mais est entraînée dans sa chute.

La cheville que Pedro serre dans sa main tombe avant lui et lorsque son corps vient se fracasser sur la jetée, son dos s'enfiche d'abord dans la cheville, devenu poignard.

Un instant après l'Indienne, les jambes brisées, vient rejoindre en rampant l'amoureux dont les narines sont caressées par le doux parfum de son ancienne dulcinée. Un sourire a à peine le temps de se former que son cœur cesse de battre.

Du haut de la falaise, une silhouette s'approche précautionneusement du vide et jette un regard rapide en bas, découvrant le corps de l'Espagnol, inerte, caressé par les vagues de la mer et celui de la jeune Indienne, non loin de là. Découvrant à ses pieds une gourde espagnole, probablement perdue par le jeune Pedro lors de sa chute, l'homme la pousse du pied dans le vide, la faisant rejoindre son propriétaire qui gît, non loin de là.

L'homme fixe un instant les deux cadavres et après un soupir de soulagement ou de tristesse - on ne saurait le deviner - s'en retourne tout en disant, à voix basse, une prière dans un latin approximatif.

Lorsque le prêtre Juan rentre le soir à la Nativité, ce dernier s'étonne de ne retrouver Pedro, qui a subitement abandonné le village indien l'après-midi, sans raison apparente. Après avoir interrogé ses compagnons, il se décide alors à s'enquérir d'éventuelles nouvelles auprès du gouverneur. Quand le prêtre arrive à son bureau, il découvre l'homme respirant bruyamment, le front recouvert de perles de sueur. S'épongeant le visage, il force un sourire et après un instant, a recouvert son habituelle énergie.

Pendant la nuit, la discussion est vive entre les quatre Européens qui montent la garde à l'entrée principale de la colonie. L'alcool aidant, la constante tension et probablement la pleine lune s'y rajoutant, les pires scénarios sont envisagés :

— Probablement qu'à l'heure actuelle le jeune Pedro est en train de rôtir sur un bûcher indien, conclut l'un des Espagnols en tendant un doigt vindicatif.

— Ou alors, des cannibales se servent de lui comme d'un garde-manger, commençant par le cœur, prélevant ensuite une livre de chair dans la cuisse du jeune homme, rajoute un autre tout en mimant l'opération de la pointe de son couteau.

— Et pendant ce temps-là, nous restons ici, à surveiller une entrée que personne ne vient franchir !

Et l'Espagnol se lève en titubant, dégaine son arme et proclame difficilement, en levant son épée en l'air :

— Donnez-m'en le signal et cette épée ira trancher les gorges de ces sauvages par centaines, tous autant qu'ils sont. Ces peureux, ces poltrons, qui ont dû s'y prendre à plusieurs pour capturer le jeune...

— Pedro, rajoute-t-il après avoir enfin retrouvé son prénom.

Soudain un bruissement non loin d'eux se fait entendre dans les buissons. Les quatre marins, décidés à en découdre, sortent les épées de leur fourreau et fonçant dans les fourrés, avancent droit vers ce qu'ils prennent pour un groupe d'Indiens embusqués.

Sitôt une ombre détalle, mais en fonçant sur l'un des Espagnols, le fait trébucher en arrière et s'empaler l'épaule dans une branche dont l'extrémité se termine par malheur en pointe.

Ses coreligionnaires, apeurés par le cri de douleur poussé par l'Espagnol, le rejoignent et lorsqu'ils entendent l'ombre se déplacer, chargent à nouveau.

Les cris de guerre des hommes éloignent définitivement l'ombre et par la même occasion réveillent toute la Nativité qui se met en état de siège.

Quelques instants après arrive l'adjoint du gouverneur qui a pris le temps d'enfiler une cuirasse et une poignée d'hommes qui ramènent leurs quatre compagnons dont l'un est grièvement blessé, à la Nativité.

121ème jour

Au petit matin, lorsque le gouverneur et son adjoint rejoignent le centre de la colonie, la tension est palpable au sein des hommes rassemblés là.

Les marins fatigués, parfois malades, sont restés éveillés une grande partie de la nuit, guettant une nouvelle attaque indienne qui n'est jamais venue, à la grande déception des revanchards.

La veille, Diego de Arana, le gouverneur, a montré plus de circonspection devant les propos inconséquents, parfois contradictoires des quatre gardes qui ont tantôt décrit un, tantôt une multitude d'Indiens, qui parfois devenaient des esprits. Quant à la blessure, le pieu enfoncé dans le dos du soldat espagnol s'est révélé être une branche, dont l'extrémité était pointue.

— De la malchance, et beaucoup d'alcool, trop d'alcool, s'est alors dit le gouverneur.

Seulement voilà, cet événement qui aurait fait sourire tout le monde en Europe ou à leur arrivée voici quatre mois, a pris une tournure démesurée. Et l'homme a pris peur lorsque certains ont commencé à évoquer des représailles contre le village de Guacanaric. Il a alors doublé la garde à chaque entrée de la colonie et promis de s'entretenir avec le chef Guacanaric qui jusqu'à présent s'est montré collaboratif. Sans pouvoir expliquer ce qui s'est passé, il est au moins sûr d'une chose : les Indiens du caciquat marien sont incapables d'une quelconque embardée. Quant aux autres...

Toute l'action de la veille lui revient en tête lorsqu'il distribue les tâches ce matin, particulièrement frais. Les hommes maugréent et reçoivent leurs attributions, nonchalamment.

– Quand est-ce que nous reverrons Don Cristobal ? se dit le gouverneur, inquiet quant au devenir de la colonie.

Toute la journée est remplie du bruissement des rumeurs qui tentent d'interpréter les événements de la veille.

Lorsqu'en fin d'après-midi, une agitation soudaine envahit la Nativité, le gouverneur alors occupé à vérifier l'état du stock, bondit et après s'être assuré que son arme est toujours à sa ceinture, se dirige rapidement vers le centre de la colonie. Là, de nombreux marins sont rassemblés autour de deux Espagnols qui déposent devant leurs coreligionnaires excités la civière qu'ils ont péniblement portée jusque-là.

Le gouverneur fend la foule agglutinée et découvre au

milieu d'un tohu-bohu indescriptible le corps inerte d'un Européen, nu, les parties génitales sectionnées, des lambeaux de chair ayant été ci et là découpés.

Passée la surprise morbide, les spectateurs reculent, spéculant sur l'identité du corps dont le séjour prolongé dans l'eau l'a rendu méconnaissable.

Le médecin, dont l'activité ne tarit pas, arrive enfin et bousculant la foule, ordonne à deux Espagnols de déplacer la civière à côté du dispensaire.

Cette dernière s'éloignant, les hommes restent là, ayant reconnu le cadavre, celui de Pedro.

Diego de Arana, sans prononcer un mot, tourne son regard vers les Espagnols ayant porté la civière, qui expliquent :

— Nous l'avons trouvé nu sur le rivage, à trois lieues de là, prononce difficilement l'un d'eux.

Le second conclut, sûr de lui :

— Les Indiens l'ont torturé avant de le jeter à la mer ; peut-être voulaient-ils manger son cœur, mais il leur a échappé.

Quelques Espagnols sitôt se mettent à murmurer et le gouverneur, sentant un vent de représailles dans l'air, déclare immédiatement :

— Avant toute conclusion hâtive, attendons que le médecin nous renseigne davantage sur sa mort. Nous ne savons qui a fait cela, ni pourquoi mais nous allons trouver les responsables et la tribu de Guacanaric va nous aider en cela.

Le gouverneur, son adjoint et les quelques Espagnols qui discutent longuement de ces atrocités ne se rendent pas compte qu'un groupe d'hommes a décidé de se rendre justice lui-même et se rend sur le lieu où a été initialement trouvé le cadavre.

Passablement imbibés d'alcool et avec en tête une envie certaine de se faire justice, loin de ce qu'ils prennent pour des beaux discours sans lendemain, quatre hommes se rendent sur le rivage où l'un des leurs a découvert le corps de l'ancien compagnon du prêtre et dont on était sans nouvelles depuis maintenant deux jours.

L'embardée ayant été improvisée, les armes de ces hommes sont saugrenues : pendant que l'un a son épée à la main, un autre possède un couteau à la taille, un troisième s'est improvisé un gourdin avec un morceau de bois.

Arrivés à destination, les quatre hommes se regardent puis scrutent tout autour d'eux, à la recherche d'un indice providentiel. Lorsque l'un d'entre eux déclare que le plus simple serait de remonter le rivage, les trois autres sitôt acquiescent, convaincus du bien-fondé de la remarque.

Quand la jeune Indienne ouvre les yeux sur le rivage de la crique, elle ne comprend pas tout de suite ce qui lui arrive. Mais très vite, les souvenirs ressurgissent, un à un : Pedro qui l'a surprise, elle qui l'a suivie, puis le sol qui se dérobe et les deux amoureux ont alors glissé du haut de la falaise.

L'homme est mort sur le coup. Elle, dont la chute a été amortie par le jeune Espagnol, a eu les jambes brisées et ce n'est qu'à la force des bras qu'elle a pu se traîner et se rapprocher de rochers. Depuis, les quelques racines qui poussent ici lui ont servi de repas frugal et l'eau qui ruisselle le long de la paroi rocheuse lui a permis de se désaltérer.

Lorsqu'elle regarde autour d'elle, la jeune fille ne retrouve pas le corps de son amant espagnol, qui a dû probablement être happé par la mer.

– Ou alors l'homme venu de la mer se serait-il relevé ? se dit-elle. Peu lui importe, pour l'heure. Seul son sort la préoccupe : ses jambes qui étaient au début douloureuses sont devenues insensibles. Elles ont d'abord enflé, puis se sont empourprées et désormais une couleur noire recouvre ses jambes tuméfiées.

En entendant une voix espagnole, elle croit d'abord à un retour providentiel de son ancien amant, qui, guéri de ses blessures, remis d'aplomb – voilà pourquoi il n'est plus présent sur la plage, pardi – serait venu à son secours. Il guérira par la même occasion ses blessures, faisant disparaître d'une apposition des mains la couleur noire-mort qui s'approche de plus en plus d'elle.

Son sang ne fait qu'une tour lorsqu'elle se trouve nez à nez avec un groupe de quatre Espagnols, hirsutes, armés et passablement énervés. Sans connaître les effets qu'ont les boissons alcoolisées sur certains hommes, elle devine aux grands gestes saccadées le danger qu'elle court.

Elle tente de reculer davantage, de se trouver une cache dans les rochers mais il est déjà trop tard et l'un des quatre Espagnols ironise en la voyant :

– Une adolescente ! Regardez ce que les Cannibales ont abandonné derrière eux!

Et un instant attendri par le visage candide de l'adolescente, l'un des hommes voyant ses jambes propose de l'aider.

– Messieurs, continuons, nous avons d'autres chats à fouetter, rajoute l'un des quatre.

Chaque Espagnol reprend sa marche et persuadé qu'une mort certaine attend la jeune fille, préfère l'ignorer quand le dernier Espagnol jette un regard appuyé vers elle. Il interpelle ses compagnons qui s'approchent alors lentement.

— Tu as une tête bizarre, toi, prononce l'homme tout en s'approchant d'elle, le visage soudainement haineux.

Le marin dirige la pointe de son épée vers l'Indienne, puis bifurquant plus à gauche saisit du bout de l'épée la gourde de Pedro, placée juste là à côté de l'Indienne qui s'étonne de la découvrir là.

L'Espagnol jette la gourde aux pieds des autres trois hommes qui regardent attentivement l'objet avant de se tourner vers l'Indienne et de conclure, haineux :

— À nous deux, sorcière !

— Mais où sont-ils passés ? se demande le gouverneur de la colonie tout en regardant autour de lui, étonné de ne pas voir les hommes qui ont transporté le corps du jeune Pedro et qui se sont montrés si véhéments.

— Qu'importe, se dit-il, en tournant son regard vers le prêtre qui est alors en train de prononcer l'oraison funèbre du marin retrouvé mort.

Devant l'état du cadavre, l'odeur pestilentielle qui se répandait en même temps que les rumeurs les plus improbables, le gouverneur a décidé de précipiter l'enterrement du pauvre marin, espérant par la même occasion atténuer l'émoi dans lequel toute la colonie a été jetée.

Même si le gouverneur n'est pas un fervent croyant, les paroles de rédemption, de rémission des péchés et de vie éternelle prodiguées par le prêtre ont le mérite, à défaut d'y adhérer, d'apaiser la colonie.

— Espérons que les quatre absents, dont deux ont découvert le corps, ne soient pas allés chercher vengeance auprès de quelques Indiens. Et surtout pas ceux de Guacanaric qui doit bien être la seule tribu incapable de commettre de telles atrocités, se dit Diego de Arana lorsqu'il voit chacun regagner son affectation ou son lit d'hôpital pour certains.

Saisissant une carafe de vin, il se sert une rasade de Juarez et la déglutit debout, restant pensif :

— Mais ils sont si inoffensifs, voire naïfs qu'il serait aisé de les rendre responsables et de s'en prendre à eux. Il nous faut en tout cas mener l'enquête sans plus attendre.

Bientôt la nuit tombe sur une Nativité silencieuse, baissant le voile sur une journée qui a été éprouvante pour les 33 marins.

122ème jour

En ce petit matin frais, tous les marins valides de la colonie se réunissent, comme à leur habitude, au centre de la Nativité.

Beaucoup n'ont pas dormi, le gouverneur et son adjoint en premier lieu qui ont cherché à définir la posture à adopter. En vain. Les deux hommes, lorsqu'ils arrivent, voient les visages tirés des uns, le teint blafard des autres. Le médecin, également, à force de passer ses nuits à veiller sur les malades, commence à faiblir et demande la permission de s'éclipser.

Diego reconnaît les quatre hommes qui ont disparu la veille. Ne se sentant pas le courage d'aller leur demander des explications, il leur sourit simplement, remarquant que l'un des quatre s'est brûlé la main.

— Tu devrais aller voir le médecin avant que cela n'empire, commente paternellement le gouverneur.

Une fois les tâches distribuées, chacun s'éloigne, le gouverneur, quant à lui, prend la direction de son bureau où il espère bien pouvoir commencer la nuit, qu'il n'a pu débuter.

2ème partie

145ème jour

La journée est déjà bien avancée lorsqu'une dispute houleuse, en espagnol, vient briser la quiétude qui règne alors dans le village de Guacanaric. Les deux seuls représentants de la double-couronne espagnole présents, Luis de Torres et Juan de Villar, le visage rouge sang, les gestes amples, ont jeté un froid dans le village de plusieurs milliers d'habitants. Les Indiens devant les dieux en colère se sont réfugiés dans leurs *bohios*, d'autres ont pris la fuite, craignant les répercussions de la colère espagnole.

Depuis la mort inexpliquée de Pedro, Juan, le prêtre, disposant d'assez de fidèles zélés ne l'a pas remplacé et malgré une communication parfois malaisée avec les Indiens, a réussi à faire grandir sa communauté de Chrétiens.

Cela n'a pas échappé à Luis qui, ayant vécu les événements de janvier 92 à Grenade, regarde d'un œil circonspect l'activisme religieux qui, un temps discret, s'est très vite instillé dans tous les domaines de la vie. N'ayant plus de consignes précises de la Nativité qui est désormais une colonie moribonde, Luis s'est donc investi à approfondir sa connaissance de la culture indienne et à contrecarrer les ambitions du prêtre auto-déclaré.

Maîtrisant la langue des Indiens, il a pu un temps leur fournir des arguments et faire naître le doute chez les membres de ce caciquat.

Jusqu'à présent Juan l'a ignoré, mais ce dernier, rendu particulièrement irritable par l'atmosphère lourde du moment, prend à partie l'homme lorsqu'un Indien le met en défaut sur un propos délicat. Persuadé que la cause de ses difficultés est le traducteur, il abandonne aussitôt son interlocuteur et fonce, le visage rouge, les veines temporales apparentes, le front en sueur – comme à son habitude – pour une place où l'Espagnol, le « traître », comme il aime à le désigner devant le gouverneur de la colonie, est en discussion avec un vieil homme.

— Traître, faux chrétien, suppôt de Satan, je te somme de cesser tes agissements, annonce-t-il sentencieusement alors à Luis qui, de dos, ne prend la peine de se retourner.

Luis, tout à son aise et ne se sentant nullement concerné, continue sa discussion avec son interlocuteur qui, effrayé par l'Européen en furie, trouve un prétexte et prend la fuite.

Se retournant nonchalamment, il découvre un Juan furibond, prêt à en venir aux mains. Soudain des cris « conobo, conobo ! » surgissent dans toute la colonie qui est prise d'une excitation indescriptible : des Indiens courent, jarre à la main, d'autres transportent des pains d'igname ou encore des fruits de toutes sortes. Un enfant traîne avec difficulté des nattes de membranes de palmiers vers un *bohio*.

Il pleut.

Depuis longtemps abandonné de Luis, Juan, reste là, béat, tendant la main pour sentir les premières gouttes qui tombent.

On croirait venu le temps de l'apocalypse. Quel drôle de peuple tout de même, ils prennent peur pour une simple pluie d'orage.

Alors que le ciel était encore bleu voici encore quelques

instants, il s'est subitement assombri, laissant la place à des nuages noirs, menaçants. Les yeux levés au ciel, les deux Francisco, affectés à la garde du portail d'entrée de la Nativité commente :

— Voici enfin venu l'orage. Cette lourdeur, pesante, est devenue insupportable ! Rien de mieux qu'une bonne averse !

— Si seulement cela peut aider à faire pousser nos plans de vigne... Je n'en peux plus de ce Juarez dont le vieil Esteban nous a rempli les soutes. Nous n'en manquons pas, certes, mais six mois que nous buvons le même breuvage ! Je soupçonne le père Diego de s'être gardé quelques barils millésimés et de nous jeter quelques fûts éventés.

— Tu ferais mieux de faire une croix sur le vin et de t'accoutumer aux feuilles de tabac mâchées : des nouvelles d'Espagne, nous n'allons pas en avoir. L'Amiral des mers doit au mieux être en train de croupir dans une geôle humide, au pire reposer au fond de la mer Océane.

Les deux hommes, voyant les nuages noirs et anticipant une pluie drue, ramassent une natte de palmier et se fabriquent avec un toit sommaire pour se protéger.

Plus loin, au dispensaire, le médecin sort et, en sueur, lève les yeux au ciel. La peau extrêmement pâle, il lève les sourcils et se dit que cela allégera l'atmosphère. Soupirant de fatigue, il inspire profondément et retourne à sa besogne.

Le gouverneur, sitôt les premiers nuages noirs amoncelés, a déplacé ses papiers dans un coffre qui, l'espère-t-il, se montrera étanche.

Nous ne possédons pas grand-chose, il ne manquerait plus que l'on vienne à les perdre !

Toute la colonie est figée, comme impatiente lorsque tombent enfin les premières gouttes, chose que les colons n'ont pas encore vue depuis leur arrivée.

Lorsque les premières gouttes de pluie viennent s'écraser dans le sol poussiéreux du village de Guacanaric, les Indiens sont comme électrisés et redoublent d'énergie.

Le prêtre a bien tenté d'alpaguer l'un ou l'autre Indien afin qu'ils lui expliquent la raison de leur peur, mais ces derniers ont systématiquement répondu que le « *conobo, conobo*» vient, ce qu'il a traduit par *pluie* ou alors *averse*. Circonspect, son vocabulaire restreint et l'agitation régnante ont eu raison de sa curiosité.

— Étrange, se dit-il tout en continuant à observer le village qui a pris l'aspect d'une ruche attaquée. Une telle peur de l'eau, rien que de l'eau...

Lorsqu'enfin la pluie tombe, les Indiens sont répartis dans les différents *bohios* du village, au sec avec à leurs côtés des provisions en eau et en nourriture.

Les deux Francisco, sous leur toit de palmiers, contemple la pluie tomber, dense, incessante. Bientôt, ils constatent que le fossé, ceinturant la colonie, devant la palissade, s'est rempli d'eau.

— Six mois, il a fallu attendre six mois pour qu'enfin ces fossés servent à quelque chose, remarque l'un.

Au sec, même si de l'eau filtre à travers le toit de son bureau, le gouverneur et son adjoint regardent également le spectacle si rare. Voyant que l'eau stagne sur le sol dur et sec de la colonie, le second commente :

— Des rigoles, voilà ce qu'il manque à notre colonie.

— Bah, répond le gouverneur, cela n'est pas rentable pour une pluie tous les six mois.

138

— Des rigoles, voilà ce qu'il manque à notre colonie, remarque le gouverneur à son second maintenant qu'il constate que la Nativité patauge dans une coudée d'eau.

— Espérons que cela va cesser, rajoute le second homme. Voilà bientôt deux heures que la pluie tombe sans discontinuer.

Au village marien de Guacanaric, des chants d'enfants percent sous la pluie qui ne cesse pas. Juan, levant les yeux au ciel, se demande combien de temps cela peut encore durer. Voyant une eau boueuse ruisseler, il se dit que les Indiens ont bien fait de préparer quelques réserves et plonge une timbale dans une jarre d'eau, transportée voici peu par les Indiens, prévenants.

L'eau jusqu'aux genoux, épaulant un malade, Francisco maugrée. Sur ordre du gouverneur, il a été décidé d'évacuer le dispensaire. Une partie de la palissade s'est écrasée contre le toit du bâtiment et l'ensemble de la structure devenant menaçante, en plus de certains lits qui sont devenus humides, a décidé le chef de la colonie de se munir de précautions.

Francisco et tous les hommes valides ont donc déplacé, sous la pluie toujours battante, les malades dans un endroit jugé plus sûr.

Las, le prêtre pose les mains sur ses oreilles. Voilà des heures que les enfants chantent, peut-être pour faire fuir la pluie.

Alors que la nuit commence à tomber, il désespère de voir la pluie cesser. Par chance, le village étant en position surélevée et légèrement incliné, l'eau s'écoule, encore et encore. Entraînant parfois avec elle, tel ou tel objet indien sans grande valeur.

Trempé jusqu'aux os, le gouverneur voit impassible la vague formée par la partie ouest de la palissade qui s'est effondrée.

— Au petit matin, si nous sommes encore vivants, les Indiens vont venir rire de leur dieu venu de la mer, commente ironiquement le gouverneur. Tous ces efforts réduits à néant, en l'espace d'une après-midi. Et sans avoir eu à combattre. Nous nous sommes peut-être trompés d'ennemi.

L'homme espère seulement que la hutte principale, initialement bâtie par les Indiens et où tous les survivants se sont désormais abrités, résistera.

Devant lui flotte la croix de Pedro, qui bientôt s'éloigne. Passe alors celles de deux autres compagnons, enterrés voici quelques jours.

Voici notre sort à tous, se dit le gouverneur, découragé.

146ème jour

La pluie ne cesse qu'au petit matin et c'est sous un soleil de plomb, déjà tôt, que Diego, dépité, sort de la hutte principale.

La colonie est méconnaissable.

Le dispensaire : disparu. Son bureau : disparu. La palissade... mis à part trois troncs restés plantés dans le sable et qui restent dressés péniblement : disparue. Le cimetière : oublié. Comme si leurs six mois de présence ont été effacés en quelques heures.

Plus loin il voit dépasser les tonneaux et caisses de la réserve qui, elles, sont restées là.

Le médecin, les yeux grands ouverts, reconnaissant à peine les lieux, le teint blafard, rejoint le gouverneur, se déplaçant difficilement dans la coudée d'eau qui recouvre encore la colonie.

Les paupières lourdes, las, il décolle ses lèvres collées, se racle la gorge et commente :

— Juan de Cuevas a succombé : la maladie, les dernières chaleurs et finalement le transbahutement en pleine nuit, sous cette eau ont eu raison de lui.

Soupirant, fataliste, le gouverneur répond tout en se frottant les sourcils :

— Cherchons de quoi creuser. Inutile d'attendre le prêtre pour une quelconque messe.

La première fois que le prêtre Juan retrouve la colonie, il ne la reconnaît d'abord pas. Croyant s'être trompé, il hésite devant l'étendue d'eau qui recouvre la place et distinguant plus loin le *bohio* principal autour duquel des Espagnols discutent, part à leur rencontre.

Aucune construction européenne n'a subsisté ; seul le dortoir initialement bâti par les Indiens venus prêter main forte, a résisté et des caisses, lestées par leur propre poids, sont restées ensablées.

Les fossés sont désormais comblés. Les trombes d'eau qui ont ruisselé, cherchant à gagner la mer, ont renversé la palissade, cet obstacle saugrenu, placé sur leurs chemins. Il n'a pas fallu grand-chose pour emporter ou briser les planches provenant de la Santa Maria, en grande partie rongées par les vers.

Voyant le prêtre enfin de retour, le gouverneur le rejoint, esquissant un sourire narquois :

— Tiens donc, Juan, vous avez manqué le meilleur. Ou le pire. La colonie s'est en-vo-lée, dit-il en insistant sur chaque syllabe.

Le prêtre reste coi, laisse planer un silence.

Le gouverneur reprend :

— Nous avons évité le pire, enfin... Juan, le petit, qui était déjà bien malade et dont les événements de la nuit ont aggravé la situation, est mort ce matin.

Le prêtre reste silencieux, faisant un signe de croix.

Le gouverneur, terre à terre, continue :

— Retroussez vos manches et abandonnez vos livres pour la journée, nous avons une nouvelle Nativité à bâtir, plus loin, au sec et un dispensaire dans l'immédiat. Tout le monde est entassé dans le bâtiment principal et je ne nous donne pas deux jours avant que cette promiscuité ne dégénère en pugilat.

— Quant à moi, continue Diego, j'ai besoin de silence pour travailler et notamment faire l'inventaire de nos ressources.

Cela étant dit, le tocsin se met à sonner, faisant accourir

dans la colonie encore sous l'eau des marins, les uns armes à la main, les autres un gourdin en bois.

Le gouverneur, sans trop comprendre de quoi il retourne, dégaine l'arme à sa ceinture et lorsqu'il voit surgir un groupe d'Indiens, s'attend à une nouvelle attaque.

Un instant après, rasséréné, il rengaine son épée quand l reconnaît Luis, le traducteur à la tête du groupe. Il n'a pas immédiatement reconnu l'homme, le teint brûlé par le soleil, les cheveux mi-longs, parmi les Indiens. Glissant un mot aux hommes qui l'accompagnent, le traducteur s'avance seul et gagne la hauteur du gouverneur qui le regarde, désormais circonspect.

— Luis, vous aussi vous avez manqué la fête, déclare le gouverneur. À croire que les Espagnols se désintéressent des siens. Que sont venus voir tous ces Indiens ? Sont-ils venus contempler les dégâts ?

Luis, très calme, prenant une mine empreinte d'affliction, répond :

— Ils sont en fait venus vous prêter main-forte pour rebâtir ce que vous jugerez utile de l'être.

— N'ont-ils donc pas d'autres chats à fouetter que de se préoccuper de nous ? N'ont-ils pas eux-mêmes leurs villages à rebâtir, répond le gouverneur, le visage rouge, énervé de la compassion des Indiens.

Toujours serein, Luis répond :

— Il n'y a pas de dégâts chez eux ou très peu...

— Très peu ? répète le gouverneur étonné.

— Oui, il a bien plu, mais la pluie a ruisselé, ruisselé et ruisselé. Certains chemins sont détruits, des arbres se sont abattus, une dizaine de toits sont endommagés, mais pour le reste, rien de grave. Ils en ont l'habitude.

— Drôle d'habitude. Je commence à comprendre pourquoi ils n'investissent pas davantage dans leurs demeures.

Luis continue :

— Le chef Guacanaric est venu accompagné avec deux douzaines d'hommes qui peuvent vous aider à rebâtir des *bohios*. Les palissades, fossés leur sont étrangers, mais pour le reste, vous pouvez compter sur eux.

Le gouverneur souffle, hésite et tout en se frottant la barbe réfléchit en regardant autour de lui. Il voit d'abord ses compagnons, armes à la main, fatigués, amaigris dans des vêtements qui les feraient passer pour des moins-que-rien en Espagne. Derrière eux, un spectacle de désolation règne avec des reliques de présences espagnoles qui flottent à la surface.

Il se retourne vers Luis et voyant que le chef Guacanaric est arrivé à sa hauteur, feint l'hésitation, mais répond enfin :

— D'accord. Mais ils devront travailler sous l'œil vigilant de Diego et Domingo, précise-t-il tout en désignant les deux Espagnols en armes. Ils se concentreront sur un chantier à la fois et le matériel doit être auparavant inspecté.

Luis traduit au chef Guacanaric dans un échange qui semble interminable. À l'issue de cela le chef, tout sourire, lance un ordre et une poignée d'hommes vient alors à sa hauteur. Il leur explique leur tâche dans une discussion une nouvelle fois interminable et après quelques minutes les Indiens se mettent en rang d'oignon en face des deux Espagnols, enfin prêts.

Pendant que les ouvriers indiens suivent leurs chefs de chantier espagnols vers le site de la nouvelle Nativité, d'autres Indiens jettent à même le sol de gigantesques nattes de palmiers dont la surface se réduit petit à petit, recouvertes par des présents, fruits et une sorte de pain, faits de « bij », dont les racines, rappées, sont pétries à la manière du blé en Europe. S'ensuivent alors des échanges protocolaires entre le chef indien et le gouverneur. L'éternelle verroterie, extraite d'un tonneau enchâssé dans le sable, est distribuée aux Indiens qui en retour gratifient leurs hôtes de quelques bijoux en or et d'un perroquet aux couleurs chatoyantes.

— Nous en aurions presque oublié l'or, murmure le gouverneur détaillant les pendentifs gravés de motifs.

Après un instant le gouverneur, un brin revigoré et dont le but initial de leur voyage se rappelle à son bon souvenir reprend brusquement en regardant Luis :

— Par ailleurs, le chef Guacanaric a promis le poids de l'Amiral des mers en or. Pourriez-vous vous enquérir de ce qu'il a pu d'ores et déjà rassembler ?

Le traducteur renâcle, souffle et voyant le regard insistant du gouverneur, traduit.

Comme auparavant, les mots espagnols se transforment en une discussion longue et soutenue entre Luis et le chef du village indien.

— Mais quel don pour tirer en long ! À moins que ce ne soit le traducteur qui use de circonlocutions ou n'arrive à formuler mes idées, se dit le gouverneur tout observant les deux hommes.

Enfin Luis se tourne vers le gouverneur dont l'impatience se lit sur son visage et lui explique, devant un Guacanaric inquiet, que le village n'a pu encore rassembler la quantité d'or, mais que cela ne saurait tarder.

— Dites qu'à défaut de nous livrer de l'or, qu'ils nous indiquent où il se trouve, nous nous chargerons de l'extraire, répond Diego qui soupçonne l'issue de la discussion.

Luis traduit, le chef Guacanaric déglutit bruyamment sa salive et pendant ce temps, les ouvriers indiens défilent au loin, chargés de troncs et autres tresses de palmiers, matériaux nécessaires à la reconstruction des bâtiments de la nouvelle colonie.

Alors que le soleil brûlant de la journée tombe petit à petit, le gouverneur en compagnie de son adjoint regarde devant lui les Indiens s'en retourner, les travaux quasiment finis.

Les Espagnols, ravis de l'aide apportée, glissent à chaque ouvrier quelques éclats brillants de verroterie et les Indiens, contents d'avoir aidé ce qu'ils prennent pour des dieux regagnent le chemin qui s'enfonce dans la forêt.

— Autant trouver de l'or semble être une tâche hors de leur portée, autant ils sont doués pour construire leurs *bohios*. Une journée leur a suffi pour rebâtir un dispensaire, une réserve, une hutte pour les chefs et même mon bureau, constate Diego de Arana.

L'adjoint acquiesce, plus occupé à se gratter l'épaule.

— En revanche, nous pouvons faire une croix sur la palissade, rajoute le gouverneur.

— Ou alors il faudra la rebâtir, rétorque l'adjoint, sans trop croire à son idée.

— Je voudrais bien, mais avec quels hommes ? Et quel bois ? Si nous nous concentrons là-dessus, nous devrons prélever des ressources dans les gardes... et qui sait ce qu'il adviendra d'une palissade aux prochaines pluies.

Reprenant, il continue sa réflexion :

— Non, je pense qu'il vaudrait mieux nous assurer un périmètre de visibilité en coupant les arbres tout autour de la nouvelle Nativité. C'est une activité où nous pourrons mettre à contribution les Indiens, d'ailleurs.

L'adjoint acquiesce de la tête tout en continuant à se gratter.

— L'amiral des mers, s'il arrive un jour, risque de s'étonner de notre colonie... hésite le gouverneur. Nous devons donc nous concentrer sur l'or et l'exploration.

L'or, j'ai ma petite idée en tête, quant à l'exploration...

L'adjoint fait une moue de douleur. Intrigué, le gouverneur jette un œil inquiet sur l'épaule de son coreligionnaire.

— Qu'avez-vous à vous gratter comme un pouilleux, cher Pedro ?

— Je n'en sais rien, depuis hier cela me démange, répond-il en laissant apercevoir au gouverneur une plaque rosacée sur son épaule.

Le gouverneur recouvre aussitôt l'épaule et conclut :

— Je pense que vous devriez en parler rapidement au médecin, il saura guérir votre mal indien.

Et le gouverneur abandonne son ami pour rejoindre la nouvelle réserve dont les caisses en bois et les tonneaux, après un séjour prolongé dans l'eau, commencent à se déliter.

150ème jour

Au petit matin, comme de coutume sur le site de l'ancienne colonie, les marins en bonne santé se donnent rendez-vous sur la place centrale de la nouvelle Nativité afin de distribuer les différentes activités de la journée.

L'organisation a été bouleversée depuis les pluies torrentielles et la nouvelle colonie qui n'a plus ni palissade, ni fossé et dont les arbres ont été abattus autour d'elle n'a quasiment plus rien en commun avec l'ancienne. L'entregent de Luis a tout de même permis de rebâtir tous les bâtiments grâce au concours des Indiens. Un puits a même été creusé, évitant ainsi les allers-retours fréquents dont les Espagnols ont pris l'habitude jusqu'à présent. Luis n'a guère apprécié jouer le contremaître ces derniers jours mais lui qui préfère désormais vivre hors de la colonie, n'a pu abandonner ses coreligionnaires à leur sort d'autant qu'un grand nombre est malade.

Lorsque Luis arrive, la distribution des tâches se termine, certains vaquent à leurs occupations mis à part une poignée d'hommes dont le prêtre Juan, tout sourire, resté sur place, en discussion avec deux Espagnols. Le traducteur n'a pas le temps de comprendre que le gouverneur, l'ayant aperçu, abandonne ses locuteurs et d'une jovialité peu convaincante va à sa rencontre et, la main sur son bras lui dit :

— Mon très cher Luis, nous avons à parler.

Le ton est inhabituel, laissant deviner quelques faveurs à venir.

— Nous l'avons échappé belle après cette tempête, notamment grâce à votre entremise, et cela m'a donné à réfléchir. La poignée d'hommes que nous sommes ne doit pas s'échiner à bâtir un fort : le nombre de bras manque, nos outils sont usés et par-dessus tout le site n'est pas propice à l'édification d'un fort. Tout comme l'ancien site qui a disparu avec une simple pluie d'orage.

Luis feint prêter attention aux propos du gouverneur tout en marchant à ses côtés.

Le responsable de la colonie reprend :

— Lorsque l'Amiral reviendra avec des caravelles, nombreuses, dont les cales seront chargées de tout le nécessaire, des bêtes de somme jusqu'aux spécialistes, nous pourrons bâtir une ville. Mais pour l'heure, et les événements récents me l'ont confirmé, nous devons nous concentrer sur l'exploration de l'île et ce afin de déterminer les sites les plus propices à l'établissement définitif d'un fort.

Luis acquiesce de la tête, ne comprenant où le

gouverneur veut en venir.

— Et c'est pourquoi j'ai pensé à vous, dit-il en se tournant vers Luis.

Luis esquisse un sourire.

— Vous connaissez le caciquat marien et son chef Guacanaric, vous avez cohabité avec eux, mais je souhaiterais que vous établissiez une cartographie de l'île avec ses tribus, ses rivières, ses accès à la mer... l'idée est de s'établir définitivement qu'une fois un site propre déterminé. Pour cela, vous devrez parcourir l'île, en long et en large.

Les propos du gouverneur sont un brin confus, mais Luis acquiesce, non pas que la tâche l'enchante mais cela lui permettra d'avoir une raison d'être loin de la colonie et de n'avoir à rendre des comptes que ponctuellement.

Le gouverneur continue :

— Bien évidemment, s'il vous arrivait de déterminer des sources de minerai et notamment de l'or, cela devrait naturellement être mentionné sur vos documents.

— Nous y voilà, se dit Luis. Probablement que la géographie n'intéresse aucunement le gouverneur. L'or, encore l'or, toujours l'or. Voilà ce qui l'intéresse.

— Soit, rétorque Luis. En revanche l'île est gigantesque, cela risque de prendre du temps.

— Je m'en doute. Usez du temps qu'il faut, mais ne prenez pas de risques inutiles.

Et après une pause :

— Et faites-nous un point régulier afin d'éviter que vous accumuliez des données précieuses qui viendraient à disparaître.

Luis approuve une nouvelle fois de la tête, amusé que l'on se préoccupe des « données » plutôt que de sa vie.

— Quand commencé-je ? demande le traducteur.

— Dès à présent, répond avec aplomb le gouverneur.

— D'accord, répond Luis en faisant une moue et après une pause laissant croire une réflexion. Je rassemble quelques affaires et me rends au village indien prendre une poignée informations.

Le gouverneur hésite, réfléchit et finalement conclut :

— D'accord, mais faites cela rapidement. Qui sait quand nous reverrons l'Amiral, peut-être demain ? ajoute-t-il.

— Ou l'an prochain, à Jérusalem, répond, amusé, Luis au gouverneur qui force un sourire.

Lorsque Luis arrive au village marien de Guacanaric, première étape de son périple, ce n'est pas la jovialité omniprésente des enfants courant à ses côtés qui retient son attention ni l'odeur douce répandue par la cuisson des ignames. Ce qui l'interpelle, c'est le prêtre Juan, en présence de deux autres Espagnols en discussion sur la place principale du village. Ne voulant avoir maille à partir avec leur mission évangélique, il bifurque, contourne l'endroit et rejoint la tente du vieil homme, alors entouré de deux adolescents. Ces derniers, voyant l'Espagnol, abandonnent immédiatement leur place à un Luis gêné de tant de précautions. Il tente de les convaincre de rester, mais il n'a pas le temps de finir son argumentation que les deux jeunes Indiens ont déjà franchi le seuil de la hutte et s'échappent. Luis sourit et se retournant, il voit le vieil homme, pipe déjà à la main, l'invitant à prendre place face à lui.

— Ton exploration sera périlleuse, commente le vieil homme lorsque Luis lui découvre ses projets. Les autres caciquats sont belliqueux et ne rechignent pas à la guerre. Ils aiment sentir la mort proche.

Devant l'insistance de Luis à poursuivre sa mission, le

vieil homme lui propose de lui adjoindre les deux adolescents qui ont quitté précipitamment la tente.

Luis sourit et décline la proposition. Après une discussion longue faite de mises en garde et de conseils, le traducteur devenu éclaireur quitte la hutte du vieil homme, une musette à la main remplie de provisions que le sage a tenu à lui donner.

Luis le remercie chaleureusement et entendant au loin les voix sonores des Espagnols accélère le pas, content de s'éloigner du village à défaut de savoir où il se rend exactement.

Lorsque Luis a accepté la mission du gouverneur, cela n'a pas été totalement sans arrière-pensées : cette exploration lui permet de s'éloigner de la colonie qui prend l'aspect d'un mouroir et au-delà de cela, il n'aura pas à rendre de compte pendant toute la durée de son périple.

Et peut-être qu'à son retour un nouveau déluge aura frappé la colonie et la présence espagnole ne sera plus qu'un vague souvenir dans la mémoire des Indiens.

Un sourire vient éclairer son visage, lui, Luis, le marchand devenu marin suite aux événements de Grenade, puis traducteur, devient aujourd'hui éclaireur.

— Et maintenant ? se dit-il.

Le sourire quitte son visage quand il repense à la mise en garde du vieil homme. Parmi les cinq caciquats de l'île, seul le marien, celui du chef Guacanaric semble pacifiste. Les autres et en particulier le caciquat voisin, Maguana, enfoncé dans les montagnes, sont moins accueillants d'après les échos qu'il a pu en avoir.

L'Espagnol sourit à nouveau lorsqu'il repense aux cartes

et autres relevés topographiques que le gouverneur l'a enjoint à réaliser. Ce dernier risque d'avoir des surprises quant à ses compétences dans le domaine.

— Quelque chose se trame là-dessous mais je ne sais quoi. Peut-être est-ce un moyen de m'éloigner de la colonie ? se dit Luis.

Tout en laissant vagabonder ses pensées, l'attention du traducteur-éclaireur est attirée par un craquement, quelques mètres derrière lui, qui lui laisse penser qu'il est suivi.

Il se retourne, se fige et ne voyant personne, imagine qu'il s'agit de quelques animaux sauvages.

La journée durant, Luis suit un cours d'eau qui est la première partie d'un fil d'Ariane menant au caciquat voisin. Même si les mises en garde du vieux sage et des différents Indiens ont été insistantes, dépeignant une tribu voisine à mille lieues du village de Guacanaric, le jeune traducteur est resté ferme sur son projet. L'issue de cette rencontre ne lui semble guère engageante, mais quelque chose l'attire, lui, Luis, natif de Torres, modeste commerçant. Pour l'heure, il avance péniblement dans le cœur de l'île, à l'ombre d'arbres gigantesques qui s'élancent sans fin dans le ciel, bercés par les sifflets de quelques oiseaux le suivant, sursautant à chaque fois que son passage fait détaller un animal, dérangé dans sa banalité quotidienne par les pas de l'Espagnol. Tout parait vierge ici, immaculé, comme s'il était le premier homme à user de cette route. Cette forêt, dense, montagneuse, constitue un mur entre les deux caciquats, probablement bénéfique pour les Indiens qui les ont accueillis, eux qui n'aiment la guerre.

Luis marque une pause, s'assoit sur un rocher recouvert de mousse séchée et ouvrant la musette confectionnée par son village hôte, sourit en voyant le soin pris par les Indiens pour la préparer. Il ouvre sa seconde musette. Cette dernière contient les inévitables verroteries, devenus une sorte de monnaie locale, que le gouverneur de la nouvelle Nativité l'a enjoint à emporter avec lui. Faisant contre mauvaise fortune bon cœur, il s'était décidé à les emporter, devant admettre l'attraction exercée sur les Indiens par ces objets sans valeur.

Posant lentement les deux sacs, il rapproche la main de sa ceinture, saisit le couteau qui est glissé dans un fourreau en cuir et brusquement se retourne, genoux fléchis, prêt à vendre chèrement son existence à cette ombre qu'il sent proche depuis son départ.

L'ombre se crispe, effrayée et lorsque Luis reconnaît à la faveur de quelques rayons de lumière les traits fins, la silhouette féminine de la seule et unique Indienne qui hante ses rêves, l'Espagnol baisse son arme, se redresse droit sur ses jambes et la rengaine. Son visage tendu est aussitôt envahi d'un sourire et Mirina, toujours immobile, apeurée, encore sous le choc, sursaute lorsque Luis, venu à sa rencontre, prend sa main.

Elle halète, respire difficilement et au fur et à mesure que Luis la saisit dans ses bras, elle se décrispe, sourit enfin.

Les cœurs des deux personnes, plutôt que de se calmer, continuent à battre, forts et ce n'est qu'après un long moment, délicieux pour chacun, que les deux corps se distancent. Luis fait un pas en arrière, tout sourire, regardant la jeune Indienne dont la joue est parcourue par une larme. Il l'essuie délicatement et sans un mot, l'invite à s'asseoir sur le rocher qu'il a quitté auparavant.

Posant son sac sur ses genoux, il l'ouvre grand, en sort un pain d'igname, quelques fruits et pousse un « enfin » lorsqu'il saisit un couteau. Il le tend à Mirina qui aussitôt le glisse dans un étui jusqu'alors vide, autour de sa ceinture.

— Te voilà parée pour toutes mauvaises rencontres, commente un brin malicieux, Luis.

Mirina sourit, saisit la main de l'Européen encore tendue et y pose un baiser. Luis sourit à son tour, cligne des yeux lentement. En ce moment présent, rien ne compte plus que la présence de sa douce. Peu lui importe de savoir où il va, il sait en tout cas avec qui il voyagera.

3ème partie

191ème jour – 40 jours plus tard

Luis s'assoit lourdement sur le même rocher qu'il a abandonné voici quarante jours. À la différence de la précédente fois, son visage est crispé, ses joues sont creuses même si une barbe dense, noire les recouvre. Tendant la main à Mirina, toujours présente, ses muscles noueux, secs se contractent pour venir en aide à sa belle, amaigrie elle aussi et pour qui chaque mouvement semble être un calvaire. Elle s'assoit aux côtés du traducteur et de sa voix douce, lâche quelques mots en espagnol:

— Nous sommes arrivés, presque.

Juan pose affectueusement la main sur son épaule, content et rassuré d'atteindre, après une absence si longue, le village de Guacanaric, avec Mirina, malade. Depuis maintenant plusieurs jours, la jeune Indienne souffre d'un mal dont ses rudiments de médecine n'ont eu raison. Après de longues discussions, Luis a convaincu sa belle de retourner au village indien, même si elle l'a abandonné voici deux mois, sans en informer personne. À son retour, une des nombreuses femmes du chef Guacanaric sera probablement mal accueillie, peut-être même honnie mais les Indiens sauront soigner la jeune femme et lui éviteront des complications certaines.

À bonne distance du village, Luis s'apprête à rebrousser chemin, ne voulant avoir de compte à rendre à quelques Espagnols qu'il croiserait sur sa route et ne voulant éveiller les soupçons concernant sa relation avec la femme du chef du village.

Après un long silence où les deux jeunes gens

n'échangent que des regards, Luis se lève finalement lorsque Mirina est prise d'une quinte de toux inquiétante. Ému, l'Espagnol se fait violence et s'éloigne :

— Tu dois y aller Mirina. Lorsque tu seras remise, rejoins-moi. J'attendrai le petit Akao ici, comme convenu, tous les jours à la même heure pour avoir de tes nouvelles.

Mirina force un sourire et s'aidant des mains pour se mettre debout, elle se redresse, lentement, avec difficulté.

Luis partage sa souffrance et s'éloignant encore davantage, recule d'un pas lorsqu'il voit Mirina vaciller puis s'effondrer. Le jeune traducteur accourt à sa rencontre et de justesse la rattrape, même s'il n'a pu éviter la rencontre avec la pierre. Il l'allonge à même le sol et voyant qu'elle est toujours inconsciente se met à paniquer. Il inspecte chaque partie de son corps, cherche une plaie, une blessure, mais ne découvre rien. Paroles, hurlements, conjurations n'ont raison d'inconscience de la jeune Indienne et pris de panique, il prend dans ses bras le corps inerte de la jeune femme et sans hésiter, se dirige vers le village indien.

Lorsque Luis arrive enfin, exténué, au village marien de Guacanaric, la rumeur l'a précédée et confiant Mirina toujours inconsciente aux Indiens venus à sa rencontre, il s'effondre à son tour.

Rouvrant les yeux sans savoir si une poignée de secondes

ou des jours se sont écoulés depuis son arrivée, la première inquiétude de Luis est de s'enquérir de l'état de santé de Mirina.

Les deux Indiens qui veillent à son chevet le rassurent, elle dormirait paisiblement. Depuis toujours elle souffre d'un mal récurrent et il a suffi au sorcier de préparer quelque décoction pour stabiliser son état qui reste tout de même inquiétant.

Luis soupire, lentement et lorsqu'il regarde enfin autour de lui, il se rend compte qu'il a été transporté dans une hutte et découvrant à ses côtés une outre d'eau, il la saisit brusquement et la déglutit. Toutes ces émotions auxquelles se sont rajoutés la fatigue accumulée et le transport de Mirina ont eu raison du jeune traducteur, plus habitué aux activités cérébrales. Sa tête lui est pesante, les rayons du soleil qui viennent fendre la hutte par ses défauts l'agressent, quant aux bruits au-dehors, les cris d'enfants jouant viennent trouver écho au fond de son crâne.

Respirant calmement, il reste là, immobile, dans son lit, puis après un instant interpelle les Indiens, toujours présents, muets :

— Est-ce que vous pourriez prévenir le vieux sage du village de mon arrivée ? Je souhaiterais m'entretenir avec lui.

Les deux Indiens tressaillent, se regardent l'un, l'autre et finalement le plus courageux se décide à répondre, après de multiples hésitations :

— Nous allons l'avertir mais le vieux sage est malade, alité depuis plusieurs semaines. La vieillesse lui semble difficile.

Luis fait une moue de circonspection. Il a laissé un homme en bonne santé, presque fringuant malgré son âge avancé.

— En revanche le chef Guacanaric souhaiterait

s'entretenir avec vous. Mirina, sa femme, a disparu depuis plusieurs semaines et il est content que vous l'ayez retrouvé aujourd'hui, malgré les circonstances, continue l'Indien qui a pris la parole.

Luis acquiesce, sans ajouter un mot. Il n'en faut pas plus pour que l'Indien hurle un ordre à un de ses coreligionnaires, en faction dehors et voilà qu'aussitôt une ribambelle d'Indiens se presse à l'entrée de la hutte, formant une haie d'honneur. Jamais avare en protocole, le chef du village s'avance lentement, suivi par toute une cohorte de cuisiniers, fleuristes et autres artisans qui transforment rapidement la hutte.

Feignant une fatigue extrême, Luis remercie mille fois le chef toujours précautionneux avec un de ces Dieux venus de la mer et lorsqu'il raconte qu'il a trouvé fortuitement Mirina, gisant inconsciente dans la forêt, le chef ne sourcille pas, prenant pour agent comptant – du moins en apparence – sa déclaration.

Le chef s'éclipse, lui souhaite un prompt rétablissement dans un discours qui semble interminable à Luis, s'étonnant probablement que des dieux aient à souffrir. Luis le remercie, hésite quant à sa duplicité, mais il n'en a cure : sitôt remis, il reprendra le chemin de la forêt d'autant qu'il n'a guère envie d'avoir à discuter avec des Européens et en particulier ceux qui se sentent investis d'une quelconque mission divine.

Une fois le chef du village et son cortège protocolaire hors de vue, Luis se découvre soudainement des forces et s'éclipse hors de la hutte, partant à la recherche du lieu qui héberge Mirina. Renseignements pris, le traducteur bifurque, prend la direction nord du village et lorsqu'il entend résonner quelques incantations, il se sait arriver à
160

destination.

L'Espagnol ralentit le pas, s'avance précautionneusement, ne voulant être vu ni avoir à justifier sa présence.

Au chevet de la jeune Indienne se trouvent deux femmes, à genou, mains tendues vers elle, répétant inlassablement une poignée de mots dont le sens échappe à Luis. Entre-apercevant le visage paisible, la respiration calme de l'Indienne, Luis recule, sans un bruit, rassuré même s'il doute de l'efficacité des deux incantatrices âgées.

Questionnant deux enfants, il se dirige alors vers une seconde hutte qui, elle, héberge le vieil homme avec lequel il avait l'habitude de partager tant de journées.

À même le sol dans une hutte modeste, le teint jaunâtre, le vieil homme est là, face à lui, méconnaissable. Luis s'avance à pas de loup, s'accroupit et s'étonne du changement opéré en si peu de temps. Les yeux fermés, la peau flétrie, le sage du village respire bruyamment et ouvrant la bouche lentement, commente :

— Ne t'apitoie pas sur mon sort, Luis. Même si cela n'en a pas l'air, je vais bien.

Il ouvre les yeux, se tourne vers Luis et force un sourire.

Luis sourit à son tour devant le sage, toujours égal à lui-même, en toutes circonstances. Le vieil homme ferme les yeux mais reprend la parole :

— D'aucuns ont affirmé que ta présence trop proche serait la cause de mon mal. Je n'en sais rien mais ce sont les mêmes qui écoutent votre prêtre.

Luis conserve son sourire et n'a pas le temps de répondre, l'homme alité continuant :

— Les derniers temps ont été terribles, des Indiens ont été pris de fièvres, ne s'alimentent plus. Dépérissent à vue d'œil. Cela a une nouvelle fois favorisé votre Dieu omniscient qui fait l'objet de toutes les attentions. Les hommes travaillent désormais leurs après-midi à décorer votre lieu de culte, pour calmer votre Dieu mécontent.

— Lieu de culte ? intervient Luis, pour la première fois, surpris.

— Dès votre départ, les hommes du village se sont mis à construire une hutte gigantesque qui, je suis prêt à en prendre les paris, ne résistera pas ni à la saison des pluies, ni à une quelconque embardée d'un caciquat voisin.

Luis hausse les sourcils. Voilà qui explique probablement la présence d'autres Espagnols qu'il a constaté au moment de son départ. D'ailleurs, peut-être l'a-t-on éloigné uniquement pour leur laisser le champ libre.

— Si ce n'était que la hutte, ce ne sera grave. Mais votre Dieu aime l'or. Beaucoup. Les hommes du village ont d'abord donné ce qu'ils avaient, puis en ont cherché. Tout cela pour s'attirer ses bonnes faveurs.

— Et le pauvre Akao, qui était si gentil mais tellement maladroit, incapable de quelques travaux physiques... il n'a jamais réussi à apporter la moindre once d'or. Nous l'avons retrouvé grièvement blessé et peu de temps après, il en est mort.

Luis, abasourdi par la tournure que prennent les événements, reste coi.

— Luis, les choses ne vont pas bien... répète le vieil homme deux fois puis, se retournant, laisse voir ses côtes apparentes, sa peau noirâtre.

Une moue de compassion apparaît sur le visage de Luis.

— Je vais vous laisser et voir ce qu'il en est, chuchote l'Espagnol. Restez allongé et surtout alimentez-vous.

Le vieil homme sourit, acquiesce d'un hochement de tête et referme les yeux lorsque Luis quitte sa hutte.

∽

Au-dehors, Luis reste debout, figé, circonspect. Se sentant encore faible, il avance, lentement, sans direction précise, ne sachant que penser de la tournure que prennent les événements.

Une ribambelle d'enfants, le voyant, accourt vers lui, passe à sa hauteur lui lançant des « *Yaya, Yaya* » comme à son premier jour, simplement heureux de la présence d'un invité qu'ils considèrent comme spécial.

Les traits du visage du traducteur, tirés, forment un sourire devant la candeur de l'enfance.

Une douleur le tenaille soudainement à l'estomac et abandonnant son moment de gaieté, il inspire profondément. Intrigué par un son métallique, strident qui vient agresser ses oreilles, il se rapproche de ce brouhaha qui ne saurait être qu'européen.

Arrivant au niveau de l'ancienne place centrale du village, là même où s'est jouée la compétition de sport à laquelle il a assisté sans bien en comprendre les règles, il voit se dresser devant lui un simili d'église, d'inspiration européenne mais de facture indienne. Sur le parvis, une nuée d'Indiens, jeunes et moins jeunes et, chose surprenante, plus aucun d'entre eux ne se promène nu, même les femmes célibataires pour qui c'était la tradition.

Restant à l'écart, le traducteur observe la scène discrètement, hors de portée de vue. Loin devant passe un Indien, grand, mince voire frêle. Luis connaît bien la silhouette de l'homme, avec qui il s'est souvent entretenu. L'un des rares, il s'en est amusé, à être plus grand que lui. Sa silhouette n'a guère changé, mais son visage est désormais plus sévère, sa démarche difficile et à la main, il sert fort, dans son poing quelque chose qui doit être de valeur. L'homme s'engouffre dans l'église pour n'en ressortir que bien plus tard.

Par chance, ce dernier se rapproche de lui et lorsqu'il le croise sans même le reconnaître, Luis saisit l'avant-bras de l'homme qui sursaute alors. En découvrant son visage triste, les paupières lourdes, Luis recule et sans même le lui demander, le grand homme se confesse à Luis : deux de ses sœurs sont malades, leurs états évoluant de mal en pis, mais le prêtre blanc, Juan, lui a donné bon espoir que son Dieu allait l'aider. Les sorciers indiens se sont avoués vaincus devant la déferlante de ce qu'ils ont baptisé « le mal blanc », sort qui serait arrivé en même temps que les Européens.

Luis écoute avec attention.

L'Indien s'est donc mis à demander l'aide du Dieu des blancs, priant, chantant comme le préconisait le prêtre. Et très récemment, il s'est tenté à s'attirer les faveurs de ce Dieu en lui rapportant tout l'or qu'il peut.

— L'or, encore l'or, nous y voilà une nouvelle fois ! murmure-t-il en espagnol, les poings serrés, à l'Indien qui le regarde sans comprendre.

Luis contredit son coreligionnaire et convainc l'Indien d'abandonner sa quête de l'or. Un Dieu d'amour ne saurait s'intéresser à quelques matérialités terrestres, lui explique-t-il, espérant instiller le doute chez l'homme ainsi qu'à tous ses frères.

Sans trop savoir où aller, Luis reprend la marche, un brin hagard. Doit-il s'enfuir, fuir cette civilisation qui cherche à supprimer tout ce qui est différent au nom d'un Dieu ?

La respiration lente, difficile, bruyante, il s'arrête, fixe le sol, revoit les mêmes événements qui se sont déroulés en Andalousie, à Grenade, où tout ce qui n'était pas catholique a été invité à partir ou à se renier. Des familles entières, fières, trop fières ont abandonné leurs vies, la terre de leurs parents pour prendre un bateau, traverser la Méditerranée et s'établir à Thessalonique ou plus loin. D'autres, trop vieux, trop faibles, se sont mis à singer les rites chrétiens, prendre des noms catholiques pour ne plus être montrés du doigt, soupçonnés. Pour ne plus être différents.

Les pensées de Luis sont interrompues par une voix espagnole, sonore, accompagnée de cris indiens. Abandonnant ses souvenirs, oubliant ses hésitations, il part à la rencontre des protagonistes et découvre les deux espagnols qui prêtent main-forte au prêtre, Diego et Alonso, dont ce dernier, doigt pointé au sol intime un ordre à un Indien, apeuré. Luis surgit, intercède dans la dispute et demande ce qu'il en est.

— Tiens donc, un revenant, répond ironiquement Alonso, haussant les sourcils. Après tant de temps, nous te croyions parti pour toujours !

— Que se passe-t-il exactement ? répond Luis, sans même prêter attention à la question.

Fier, presque orgueilleux, Alonso répond :

— Figure-toi que pendant ta promenade, nous, nous travaillons. Mais maintenant que tu es là, tu vas nous aider dans notre tâche.

Interloqué, Luis ne répond pas, laissant Alonso poursuivre son discours :

— Cet Indien est venu apporter sa dîme d'or, comme convenu, dit-il en posant sa main sur un registre présent sur la table. Nous avons bien entendu consigné son don, qui servira à embellir l'Église, la future cathédrale que nous allons bâtir ou encore à être envoyé à la double Couronne Espagnole afin de la remercier.

— La remercier ? Allons bon ! commente à voix basse un Luis, circonspect.

Alonso continue, toujours sur un ton empreint d'ironie :

— Pour le remercier de son don, nous avons gratifié cet indigène d'une hostie qu'il a fait tomber dans la boue, ajoute-t-il brutalement, pointant du doigt une flaque d'eau saumâtre où flotte un rond blanc maculé.

Mimant une figure angélique, Alonso continue :

— Mais maintenant que tu es là, tu vas nous aider, Luis.

— Vous aider ? Je suis traducteur, pas orpailleur.

— Oui, tu vas nous aider à lui parler. Traduis : « Indien, lèche l'hostie »

— Quoi ? répond Luis abasourdi. Donnez-lui en une autre, elle est maculée.

Toujours avec sa figure d'ange, Alonso répond à Luis.

— Luis, je ne te demande pas de réfléchir, mais de traduire. Traduis : « Indien, lèche l'hostie », ajoute-t-il en articulant chaque syllabe de la phrase.

Luis se tourne vers l'Indien et ses coreligionnaires qui attendent derrière lui, les uns assis à même le sol, d'autres observant la discussion entre les Européens. Il fait un long discours en langue indienne qui très vite crée des murmures entre les Indiens qui s'échappent.

— Luis ! hurle Alonso dont le visage révèle enfin sa vraie nature. Pourquoi partent-ils ? Que leur as-tu dit ?

Le traducteur, les traits du visage détendu, répond sereinement :

— Que vous n'êtes pas des Dieux, n'aimez que leur or et que vous n'avez aucun pouvoir de guérison ou autres.

— Espèce de traître, hurle Alonso, dont le visage s'est empourpré de colère et qui s'avance vers lui, tout comme Diego, poing levé.

Esquivant le premier, renversant le second qui s'affale au sol, Luis avance vers la table où repose le registre et tout autour des bourses contenant les offrandes faites jusqu'alors. Il renverse le tout, disperse du pied les grains d'or au sol et à peine sent-il une présence dans son dos qu'un gourdin vient s'écraser sur son crâne et il perd aussitôt connaissance.

192ème jour

Lorsqu'au petit matin le gouverneur de la nouvelle Nativité voit arriver Juan suivi d'une poignée d'Indiens, il est étonné de voir si tôt l'homme, qui d'habitude rechigne à revenir parmi les Européens. Constatant que les deux derniers Indiens portent une civière, il reste circonspect lorsque ces derniers s'approchent et l'abandonne à ses pieds.

Le religieux, le visage grave se tourne vers le gouverneur, ne lui laissant pas le temps de s'étonner en découvrant le visage de Luis et commente :

— Voilà où nous en sommes, obligé de se battre entre Européen alors que nous avons tant de choses à bâtir sur cette île.

— Est-il mort ? demande le gouverneur après avoir intimé l'ordre d'aller chercher le médecin.

— Non, mais au rythme où va sa folie, je ne donne pas chère de notre peau à tous. Pouvons-nous nous entretenir ?

Le gouverneur acquiesce de la tête et ajoute, au médecin les ayant rejoints :

— Enlevez-lui ses liens, un malade ne cherche pas à s'enfuir.

Retenant le médecin du bras, le religieux intervient :

— Si vous voulez bien, laissez-moi vous fournir davantage d'explications avant de lui laisser la possibilité de nuire davantage.

Le gouverneur, intrigué, étonnamment soumis, acquiesce et indique au religieux de le suivre dans son bureau au-dehors et, rejoint par son adjoint, s'ensuit une discussion longue et houleuse.

La tête de Luis est lourde, terriblement lourde.

Passant ses mains liées dans les cheveux il sent une bosse énorme sur le crâne et, ouvrant lentement les yeux, il se découvre allongé, à même le sol.

Quelques instants suffisent pour qu'il se remémore tout : l'hostie, le coup frappé dans son dos, puis son emprisonnement sur place et on l'a une seconde fois assommé lorsqu'il a tenté de convaincre quelques Indiens de le libérer.

Avalant péniblement le peu de salive qu'il a, il passe sa langue sur ses lèvres et regardant à gauche, à droite, découvre dans la pénombre qu'il est dans la réserve. Il se redresse avec difficulté, ses pieds étant également – mal – liés et lorsque ses yeux se sont habitués à la pénombre, il découvre le gouverneur, à l'entrée, stoïque, le fixant.

— Gouverneur, vous voilà, je, ... j'ai... je suis bien aise de vous savoir présent, j'ai beaucoup à raconter, indique Luis, de manière confuse.

— Luis, répond le gouverneur las. On m'a tout raconté, ne gaspillez pas votre salive. Tout sympathique que vous m'êtes, vous semez le trouble et le désordre dans le village indien qui commence tout juste à collaborer avec nous.

Comprenant qu'il n'a pas les faveurs du gouverneur, Luis change de ton :

— Donc, vous cautionnez les actes proférés par Juan et ses acolytes.

— Luis, coupe le gouverneur, ignorant la question, en tant que gouverneur de la Nativité et garant de la mission qui nous a été confiée, je vous mets aux arrêts jusqu'à nouvel ordre. Vous serez gardé nuit et jour et les gardes auront tous les droits en cas de tentatives de fuite.

Luis reste abasourdi et sans même avoir le temps de répondre, voit le gouverneur s'éloigner de la réserve devenue prison.

234ème jour

— Deux mois, se dit Luis. Voilà deux mois qu'il est enfermé dans ce réduit à attendre une quelconque clémence. Mais de clémence, il n'y en aura pas d'autant que le gouverneur n'a à justifier ses actes devant personne. Plénipotentiaire sur l'île, il n'a de compte à rendre qu'à l'Amiral de la mer Océane que les Espagnols doutent désormais de revoir un jour.

Pieds et poings liés, Luis se déplace tant bien que mal dans la hutte construite expressément pour lui et qui fait office de prison.

Du bout des doigts, il écarte deux feuilles de palmier pour y entrapercevoir une cérémonie qui se tient au-dehors. Un enterrement. Ou plutôt deux.

Deux Espagnols, probablement malades, ont succombé et c'est un prêtre nonchalant qui est en charge de la cérémonie.

Mal à l'aise, Luis relâche les feuilles de palmier qu'il a écartées, regagne lentement sa place initiale. Lentement il expire, regarde les liens qu'il a autour des poignets et qui le font souffrir à chaque fois qu'il se déplace. À ses chevilles, des liens identiques mais plus lestes, qui lui permettent à peine de se mouvoir.

Ses yeux se ferment. Il repense à l'Espagne, à son Andalousie, au soleil brûlant qui doit alors y régner. Cela est désormais si loin. Même le village indien lui semble lointain désormais depuis sa case où il n'a pour horizon que le sol poussiéreux. Quant à Mirina, a-t-elle même existé ? Ou peut-être l'aurait-il rêvé ? Naïvement il a espéré qu'elle se glisse dans sa hutte, à la faveur d'une nuit sans lune, vienne le libérer de ses liens. Et qu'ils s'enfuient. Partir loin de la Nativité, et même du village marien de Guacanaric, rejoindre le cœur de l'île où ils auraient vagabondé, seuls, heureux, simplement.

Les pensées de Luis sont interrompues par les rires gras d'un de ses coreligionnaires qui passe non loin de la prison, glisse une gamelle de nourriture et jette une outre d'eau fraîche.

Luis est quelque peu amer d'avoir été abandonné par ses frères espagnols. Il ne s'attendait pas à une révolte pour le libérer, ou des actes héroïques mais au moins une attention, une visite. Rien. Personne. Aucun Espagnol n'est venu le voir mis à part son geôlier et le médecin. Aucun Espagnol n'a daigné s'enquérir de la santé d'un homme qui a partagé leur quotidien pendant la traversée de la mer Océane. Avec qui il a partagé la promiscuité sur le bateau, avec qui il a douté lorsque les trois caravelles se sont enlisées dans la mer des Sargasses et avec qui il s'est réjoui lorsqu'enfin ils ont vu la terre ferme. C'est dans ces moments-là que l'on découvre ses vrais amis et Luis n'en a visiblement pas. Son sort n'intéresse personne. Quant à sa connaissance de la culture indienne ou son expédition au cœur de l'île, l'absence de liens avec le métal aurifère l'a rapidement rendu inutile.

Et pourtant il aurait tant de choses à dire à ce sujet !

261ème jour – 25 septembre 1493

Cadix. Depuis le pont de son navire, l'Amiral de la mer Océane pousse un soupir de soulagement lorsque la dernière des caravelles lève l'ancre.

L'homme sourit enfin, après les six mois de tractations qui ont été nécessaires pour organiser une nouvelle expédition. Lui qui a passé des années à attendre, justifier, expliquer, réexpliquer son projet, est aujourd'hui courtisé de part et d'autre.

On cherche à le flatter. À être son ami. On se découvre proche et plus inquiétant, on complote contre lui.

Devant la Couronne, il a réitéré le contrat de Santa Fe qui a été signé avant la formidable découverte. Par ce document, il devient le percepteur d'une dîme sur toutes les transactions entre ces nouvelles terres et le continent européen. Lui qui se déplaçait à dos de mule est désormais un homme riche. Ou du moins le sera.

Mais à son retour, lorsqu'il a rappelé les tenants de ce contrat, les Rois catholiques ont commencé à le contester, le déclarant inapplicable, insensé.

L'Amiral a dû se montrer menaçant, s'entretenir avec un des nombreux émissaires envoyés par les cours européennes – déjà au courant de la découverte – pour que la Double-couronne catholique réitère les termes du contrat, du bout des lèvres.

C'est pourquoi il n'est pas mécontent d'abandonner cette cour avec laquelle il n'a obtenu des faveurs qu'à l'arrachée ou sous la menace. Il aura très certainement à batailler à l'avenir mais pour l'heure, il préfère penser aux 17 navires chargés de vivres, de semences, de bêtes de sommes ainsi que d'hommes de toutes spécialités qui vont l'accompagner pour son second voyage. Près de 1509 hommes qui auront pour mission non plus de prospecter, mais de s'installer.

Voyant peu à peu la terre espagnole s'éloigner, il repense aux hommes qu'il a laissés voici près de neuf mois. 39 hommes qui ont pu explorer l'île, établir des contacts avec les tribus indiennes, amasser des montagnes d'or, de perles et d'étoffes. Découvrir la route qui mène au grand Khan.

L'Amiral des mers continue de rêvasser sous le soleil brûlant de Cadix pendant que les navires abandonnent définitivement le port.

300ème jour

S'essuyant du revers de la main des gouttes de sueur qui perlent à son front, le gouverneur de la Nativité voit s'éloigner Pedro, son adjoint, satisfait. Il doute qu'il ait fait le bon choix mais son état ne lui laissant la force de lutter, il a dû se plier à ses demandes de plus en plus insistantes. Pendant qu'il s'affaiblit de jour en jour, comme tant d'autres, une poignée conserve son dynamisme des premiers jours.

Et son adjoint Pedro en fait partie. Impatient, sentant le rapport des forces changer, il a su convaincre d'autres Espagnols qu'il fallait agir dès à présent. Et ne plus attendre le retour hypothétique de l'Amiral des mers :

— L'or est là ! a-t-il dit à ces hommes pour les convaincre. Au cou des Indiens, en abondance dans leurs rivières. Il suffit de se baisser pour le ramasser et pendant ce temps, nous attendons là, nous avons perdu notre temps à bâtir un fort qui n'existe déjà plus et désormais, nous ne sommes plus qu'un hôpital. Pendant que je vous parle, les rivières haïtiennes continuent de charrier de l'or et lorsque l'Amiral reviendra – si tant est qu'il revienne – il retrouvera une bande de pouilleux ! Et il sera alors trop tard pour se réserver une quelconque part du magot. C'est maintenant qu'il faut agir !

Le corps du gouverneur Diego est parcouru par un frisson. Alors qu'il sentait des bouffées de chaleur voici un instant, il se met maintenant à grelotter. De grosses gouttes de sueur, glacées, viennent glisser dans le creux de son échine. Il veut se lever, voit aussitôt la terre vaciller et se ravise.

Diego maugrée contre ces marins en bonne santé qui veulent partir à l'aventure alors même que la majorité du fort, qui n'en est plus un, est malade. Au lieu d'aider leurs semblables, ces quelques chanceux font preuve d'égoïsme et veulent abandonner leurs frères pour amasser le précieux métal qu'ils n'auront probablement aucune occasion d'utiliser.

De lutte vaine, le gouverneur s'est résigné à accepter la proposition de son adjoint qui va partir à la rencontre d'un caciquat voisin, Maguana, avec cinq hommes en armes. Et cela alors même que la colonie a encore perdu un homme voici deux semaines, que le médecin tente tant bien que mal de s'occuper de la douzaine de malades et qu'une partie des Espagnols est occupé à convertir la colonie de Guacanaric. Alors même que l'ancienne colonie a été attaquée par des Indiens voici encore quelques mois...

Fixant la paume de sa main droite, le gouverneur sert le poing lentement, sent ses os qui craquent. Sa santé décline sans qu'il connaisse la nature de son mal. Voilà pourquoi il a renoncé à s'opposer à la volonté de ces hommes, qu'il les a abandonnés à leur folle entreprise, probablement influencé par les récits de Luis qui se targue d'avoir rencontré des voyageurs venus de loin, peut-être même de la cour du grand Khan.

— Comment pourrait-il retenir l'eau de la mer avec ses

mains ? se dit-il, fataliste.

Il maugrée contre ce maudit Luis que le prêtre a éloigné et qui, même enfermé, attaché, continue à nuire depuis sa prison.

— Que le diable l'emporte ! marmonne le gouverneur. Lui et ces aventuriers impatients ! C'est à se demander pour qui il travaille ; au moins, en leur servant de guide, il ne nuira plus à la colonie.

En effet, Luis fait partie du groupe des six Espagnols qui vont partir à la rencontre de ce caciquat. Il ne sera cependant pas libre de ses mouvements lors de cette expédition. Mais le gouverneur ne se fait pas d'illusion quant à son sort et à celui de ses coreligionnaires : il y a peu de chance que le groupe, qui s'apprête à partir au loin, souriant, impatient, sûr de lui, ne revienne.

— Enfin ! se dit Pedro, l'adjoint du gouverneur, lorsqu'en se retournant il voit au loin la nouvelle Nativité. Voilà des mois que nous sommes ici, sur cette île et ce n'est que maintenant que l'on se décide à la visiter. Les richesses sont là, à portée de main et au lieu d'amasser de l'or, nous avons gaspillé notre temps à préparer le retour de l'Amiral-fantôme.

Regagnant la hauteur des cinq hommes qui forment le groupe, l'adjoint commente :

— Messieurs, finie l'attente, place à l'action. Nous avons trop longtemps patienté !

Devant, Luis, en tête du groupe, amaigri, poings liés, avance, impassible tout en sifflant comme à son habitude. Voyant sa nonchalance, l'adjoint, en partie vexé, lui lance :

— Luis, accélère le rythme !

174

Continuant sa marche, Luis lève ses poings liés au-dessus de ses épaules et répond :

— Si l'on ne m'avait attaché comme l'on fait pour une bête que l'on emmène à abattoir, probablement que j'irai plus vite !

L'adjoint, presque compatissant, répond :

— Luis, nous t'enlèverons bientôt ces liens, mais d'abord mène-nous au caciquat de Maguana, comme prévu. Une fois là-bas, nous pourrons te détacher. Ce n'est pas que nous n'ayons pas confiance en toi, mais tu as la fâcheuse habitude de disparaître.

Luis soupire pour toute réponse, visiblement peu convaincu de la parole de l'adjoint, baisse les poignets et continue sa marche.

La nuit commence à tomber lorsque Luis s'arrête et décrète qu'il faut monter un campement, là dans cet endroit protégé du vent.

Les autres Espagnols, un temps à la traîne, arrivent à sa hauteur et encore haletant questionnent :

— Déjà ? Sommes-nous encore loin ?

Luis inspire, lève les yeux comme s'il s'attelle à un calcul savant puis répond prosaïquement :

— Je n'en sais rien. 3, 4 peut-être 5 jours de marche seront nécessaires.

Deux Espagnols se rapprochent de lui, l'un le saisit par le col qui laisse entendre un craquement et le menace :

— Écoute Luis, ne fais pas le malin. Tu nous as dit que tu t'y étais déjà rendu à Maguana !

Prenant un air ironique et restant détendu, Luis répond, gêné dans son élocution par le col serré :

— Je ne renie pas ce que j'ai dit. En revanche, je ne me suis pas engagé sur le délai : mes poings sont liés, le départ était ailleurs...

L'adjoint Pedro s'interpose entre les deux hommes, écartant l'agresseur de Luis et ajoute :

— Du calme les amis, cela fait des mois que nous patientons, nous prendrons le temps qu'il faudra. Dressons un camp ici, l'endroit est convenable... et surtout, restons calme ! Nous en aurons besoin.

— Oui, restons calmes, répète Luis qui est aussitôt dévisagé par l'adjoint n'appréciant guère l'écho. Ce dernier continue :

— Toi, prend des liens et noue les pieds de Luis, je ne voudrais pas qu'il fasse une crise de somnambulisme cette nuit et qu'on ne le retrouve au petit jour.

302ème jour

Deux jours de marche se passent, quasiment identiques. Les six Espagnols ont tôt fait de consommer les quelques litres de vin qu'ils ont emportés avec eux et très vite doivent uniquement se satisfaire de l'eau des rivières.

La végétation, au fur et à mesure que le groupe s'enfonce dans l'île, devient plus dense, change. La main de l'homme n'ayant jamais contrarié son évolution, c'est difficilement que les hommes avancent, forcés de rebrousser chemin ou reculant parfois devant des pentes trop raides ou arrivés devant un précipice.

Les rares animaux, perroquets aux couleurs chatoyantes ou lézards translucides, s'approchent des hommes, sans les craindre.

À la faveur de la nuit, des cris de toutes sortes surgissent, laissant inquiets des hommes qui dorment avec à portée de main une arme affûtée, prête à servir.

304ème jour

Le cinquième jour, les marins arrivent vers midi à une étendue d'eau où ils décident de marquer une pause. Exténués par la marche à laquelle ils ne sont pas habitués, le dos fourbu par les paquetages qu'ils ont emportés, les hommes sont contents de s'allonger sur une plage de sable noir qui leur offre enfin un peu de lumière.

Seuls Luis et Pedro, l'adjoint de la Nativité, restent aux aguets. Soudain ce dernier se fige, déplace calmement sa main près de sa ceinture et en un instant saisit son arme. Luis, voyant au loin une ombre se mouvoir, inconsciente de la menace réelle que fait peser l'arme vers elle, se rapproche du second Espagnol et le rassure :

— Baissez cela, ce ne sont que des enfants, ils vont au contraire nous aider à rejoindre la capitale du Maguana plus rapidement.

Hésitant d'abord, Pedro rengaine alors son arme lorsqu'il découvre devant lui deux adolescents, tout sourire qui avancent, curieux, vers lui. Luis les salue dans leur langue et se retournant vers Pedro :

— Oui, confirme Luis, ce sont les dernières personnes à craindre sur cette île, allons plutôt à leur rencontre.

À la différence des enfants mariens qui s'enfuient à la vue des Européens – tout comme leurs parents – Pedro avec derrière lui les autres Espagnols sont surpris de découvrir des enfants curieux, sûrs d'eux qui, bien qu'intimidés, ne fuient pas, au contraire.

— Restez là, je vais aller leur parler, indique Luis, directif, en tendant ses poignets liés comme pour les empêcher d'avancer.

Les Espagnols regardent Pedro pour avoir son approbation. Bien que suspicieux, il confirme d'un hochement de tête.

Luis, sans même attendre une quelconque confirmation, va alors à leur rencontre, lentement et arrivé à leur hauteur, s'accroupit. Il leur parle alors en langue indienne ce qui surprend les enfants qui semblent émerveillés. S'ensuit un échange laborieux échappant aux Espagnols qui, rapidement, se résignent à attendre et s'assoient. Après une dizaine minutes de discussions, Luis revient vers le groupe, serein :

— Bonne nouvelle, nous ne sommes pas loin de la capitale, tout au plus trois heures de marche et les enfants sont prêts à nous y accompagner.

— La vie est parfois si facile, déclare le gouverneur. Quand pouvons-nous partir ?

— Maintenant, répond aussitôt Luis.

L'arrivée dans le caciquat de Maguana laisse une impression particulière aux six Espagnols : eux qui ont l'habitude d'être accueillis avec la plus grande déférence sont alors dévisagés avec méfiance.

— Vous pourriez peut-être me débarrasser de mes liens, demande Luis qui tente de profiter de l'occasion. Arriver avec un des vôtres enchaîné ne doit pas aider à les mettre en confiance.

— Je n'ai que faire de leurs impressions. Ils feront exactement ce que nous dirons, répond sèchement Pedro, tentant de rassurer ses coreligionnaires et probablement lui-même.

Et se reprenant un instant après, il sort son couteau, sectionne d'un geste les liens du traducteur.

— Toutefois, vous avez accompli votre mission et nous vous en sommes reconnaissants.

Jetant au loin les restes de cordes sectionnées, Luis regarde un instant ses poignets rougis par le frottement avec le chanvre puis accélère le pas pour gagner la hauteur des jeunes Indiens.

Bien que peu nombreuses, les habitations du caciquat sont plus sophistiquées même si elles sont faites du même matériau. Les Indiens, même les jeunes enfants, sont tous recouverts de vêtements, probablement par nécessité puisque l'altitude rend l'atmosphère plus fraîche.

Un groupe de deux Indiens, armes en main, vient à leur rencontre, intrigués. D'une voix sonore, ils interpellent les marins espagnols qui aussitôt s'arment, prêts à engager le combat. S'interposant, Luis engage la conversation avec une certaine difficulté et ce n'est qu'après un long moment de tension où Européens et Indiens se font face qu'un sourire envahit le visage des Indiens et qu'ils posent leurs armes à terre.

— Luis, pourriez-vous nous informer de la teneur de votre discussion ? interroge Pedro prêt à en découdre si l'issue de la conversation ne lui est pas favorable.

— La conversion n'est guère aisée, certains mots, expressions me sont connues mais tout n'est pas limpide...

— Luis, gronde Pedro en le coupant, je vous ai demandé

ce qu'ils ont dit, pas une explication lexicographique.

Luis reprend, plus prosaïquement :

— Je leur ai expliqué que nous sommes des amis de Guacanaric et que nous souhaiterions nous entretenir avec le chef de leur tribu. Ils sont donc allés le chercher.

Soufflant, Pedro rengaine son arme et continue :

— Bien, mais que faisons-nous en attendant ? Aucune réception, aucune danse à notre attention ? Ils n'ont pas le sens de la courtoisie.

— Leur chef nous invite à partager une pipe de tabac dans sa hutte, continue Luis. Il semble y tenir.

— Bien parfait, répond Pedro en se frottant les mains. Dites-leur également que nous avons faim. Et n'oubliez pas la raison de notre venue, Luis : l'or. Si nous avons traversé l'île, c'est pour l'or !

— Je ne manquerai pas de leur souligner votre souhait, répond Luis, soumis en apparence.

Invité par une adolescente à les suivre, Luis n'a pas à traduire et les six Espagnols gagnent alors la hutte du chef.

Si la hutte est constituée de feuilles de palmier liées sur des troncs du même arbre, sur le modèle de toutes les habitations indiennes qu'ils ont pu croiser jusqu'alors, celle-ci regorge en revanche d'objets de toutes sortes : les murs sont recouverts de bijoux faits d'os finement gravés, plus loin sont alignées des pointes de flèches de toutes tailles et au centre de la pièce, un plateau en or sur lequel sont disposées des feuilles de tabac séchées et une pipe.

Sans se faire prier, certains Espagnols s'assoient tout

autour du plateau et tout en détaillant le précieux réceptacle, commentent :

— On ne nous a pas trompés, ils sont bien plus fins et subtils que nos anciens voisins, regardez des gravures, cette finesse... pour sûr nous voilà riches !

Luis, encore debout, questionne la jeune femme qui l'invite, lui aussi, à prendre place.

Bientôt le chef du village les rejoint et hélant la jeune adolescente, lui demande de préparer la pipe. L'Indien s'exprime alors aux Espagnols par l'entremise de Luis qui éprouve toutes les difficultés à le comprendre. Il explique alors à ses visiteurs qu'en fait de chef, il est en réalité le responsable de ce hameau qui est un poste d'avant-garde pour la capitale.

— D'avant-garde ? s'amuse à commenter un des Espagnols. Mais quel est en est l'intérêt ?

Luis se voit obligé de traduire devant l'insistance de l'Indien passablement énervé par le ton ironique de l'Espagnol.

— En temps de guerre, répond Luis après que l'Indien a compris la remarque.

Les sourires et l'air serein des marins se crispent. Voyant le malaise, l'Indien poursuit aussitôt :

— Mais ce n'est plus d'actualité aujourd'hui. Il n'y a plus de guerre depuis... longtemps.

L'Espagnol, un temps ironique, déglutit sa salive avec difficulté, désormais mal à l'aise.

Un silence monacal envahit la hutte.

La pipe allumée, passe de marin en marin et arrive alors à Luis qui inspire à peine et sitôt la passe.

— Qu'attendons-nous au fait ? demande Pedro à l'Indien.

— Les consignes de la capitale, cela ne saurait tarder, traduit Luis.

— Les consignes et pourquoi devrions-nous attendre

alors... s'énerve un des Espagnols lorsque son attention est détournée par une ribambelle d'adolescentes nues, venant apporter à manger. Il ne finit même pas sa phrase, préférant les détailler une à une.

Luis attend la fin de sa phrase et voyant qu'il n'y en aura probablement pas, questionne le chef et continue sa traduction :

— Notre visite est impromptue et il a envoyé un messager pour avertir de notre arrivée. En attendant, il nous propose de manger.

— Avec joie ! répond un des Espagnols, bouche ouverte, dont le regard scrute les formes généreuses de l'une des adolescentes venues le servir.

Une heure plus tard, le repas est désormais terminé et bien que la nuit tombe sur le village indien aucune nouvelle n'est parvenue de la ville. Un Indien discute avec le traducteur Luis.

— Le chef voudrait vous proposer une boisson de leur confection appelée *uicu*, traduit Luis. C'est un breuvage qui donnerait force et courage surtout aux travailleurs.

— Serait-ce de la bière ou un vin local ? lance l'un des Espagnols, ce qui provoque une vague d'échos auprès de ces Espagnols qui boivent le même vin depuis maintenant plusieurs mois.

— Volontiers, résume Pedro qui lui aussi est impatient de déguster ce qu'il imagine déjà comme un vin très fruité, très fort. Avons-nous par ailleurs des nouvelles de la ville ?

— Pas encore, répond Luis. Dans le cas où nous n'en aurions pas rapidement, le chef nous propose de passer la nuit ici, nous sommes les bienvenus dans sa hutte.

Pedro interroge ses coreligionnaires du regard et, finalement, répond qu'il doit encore y réfléchir.

Depuis quelques instants, le regard de Pedro est dirigé vers un bijou dont une partie est faite de cuir.

— Voilà un beau bijou, commente-t-il, intrigué. Mais je m'interroge sur le cuir. Quel animal utilisez-vous pour arriver à vos fins, ce ne sont tout de même pas des oiseaux ?

— Ce n'est pas un animal, répond Luis après avoir rapporté la question au chef indien.

— Mais dans ce cas, continue Pedro tout en portant à ses lèvres l'*uicu* que les adolescentes ont servi, qu'est-ce donc ?

Luis doit se faire répéter à trois reprises la réponse. Enfin, il traduit :

— De la peau humaine, traduit-il aux autres Espagnols qui font de grands yeux.

Mais voyant la réaction de ses invités, le chef tente de les rassurer et presse Luis de traduire :

— De la peau humaine d'ennemis morts au combat, précise Luis.

Les Espagnols assis autour du plateau ne sont qu'à moitié rassurés.

Le doute s'étant instillé, Pedro revient à des préoccupations plus terre à terre et plus directif, questionne le chef indien :

— Le but premier de notre visite est l'or. Est-ce que le chef a une idée où trouver le précieux métal ?

— Le chef indique que certaines rivières charrient l'or en quantité et qu'ils seront heureux de vous les montrer, traduit Luis à contrecœur.

Puis le chef hèle une de ces adolescentes qui revient rapidement avec une bourse liée qu'elle pose cérémonieusement sur le plateau en or, pendant que le chef indien commente.

— En gage d'amitié, le chef voudrait que vous acceptiez
ce présent, traduit Luis.

Pedro tend le bras, saisit la bourse et l'entrouvrant
découvre qu'elle est remplie de poudre d'or. Son visage
s'assagit, il sourit au chef, lui tend alors une poignée de
verroteries qu'il a emportées pour l'occasion et se réjouit
intérieurement de l'échange.

Entendant des voix au loin, le chef indique que des
messagers ont dû arriver.

Pedro, sans trop prêter attention au chef qui quitte la
hutte, laisse passer entre ses doigts la poudre d'or devant
ses compatriotes ébahis et le visage aux anges
commente :

— Messieurs, on ne s'est pas moqués de nous !

Passant et repassant la poudre entre ses doigts, il ne
prête attention aux Indiens qui sont en train de cerner la
hutte.

Ses compagnons, dont l'attention est émoussée par le
tabac et la drogue que leur a fait ingérer les Indiens ne
lui sont pas d'une plus grande aide et lorsque des bruits
de pas se rapprochent de l'entrée, il saisit un couteau qui
est à sa ceinture, la jette à Luis, saisit son épée et hurle :

— C'est un traquenard !

Ses compagnons ont à peine le temps de se rendre
compte de la situation que des lances viennent fendre les
parois de la hutte de part en part.

Le hurlement provoque un vent de panique au-dehors et
soudain un incendie se déclare dans la hutte. Se
retournant, il découvre qu'il est le seul Espagnol encore
debout et que des flammes viennent déjà lécher son
épaule.

Il hésite une seconde lorsqu'il voit un de ses
compagnons, au sol, poussant son dernier soupir et pris
de panique, quitte la hutte, arme à la main.

Dehors, de nombreux Indiens, à bonne distance, le tiennent en garde, mais un hurlement venant de la hutte fait diversion et permet à Pedro de s'éloigner.

Pedro esquisse un dernier regard vers la hutte, prononce à voix basse les noms de ses camarades et ne voyant plus de signe de vie, s'en détourne et fuit.

Tout en courant aussi vite que son souffle le lui permet, il rage sur la naïveté dont il a fait preuve envers ces maudits Indiens et s'interroge sur le sort de Luis qui ne faisait pas partie des hommes à terre.

Nuit du 305ème jour

Voilà maintenant des heures que Pedro court, droit devant, sans véritablement savoir où il se dirige. Fort heureusement le ciel dégagé permet à quelques rayons de lune d'éclairer le chemin qui mène bientôt le rescapé à une clairière. L'Espagnol marque une pause, ne voulant se mettre à découvert et se rend en même temps à l'évidence : les Indiens ne l'ont pas suivi.

Haletant, son poing serre fermement cette maudite bourse en cuir, seul objet qu'il a pu emporter avec lui lors de sa fuite. Assoiffé, il regarde autour de lui où il pourrait se désaltérer et après quelques pas, découvre un filet d'eau qui ruisselle le long d'une roche noire. Sans hésiter, il se jette à genoux et recueillant l'eau dans le creux de ses deux mains, boit avec avidité.

Son attention est bientôt distraite par un cri glaçant dans la nuit. Il se redresse brusquement, mais est aussitôt saisi d'un haut-le-cœur et régurgite le peu de choses qu'il a dans l'estomac. Respirant difficilement, il se redresse, voit au loin l'origine de sa frayeur, une simple chouette.

Sa vision se trouble, le sol se met à bouger et, exténué, il s'évanouit.

∽

Au petit matin, Pedro se réveille blotti dans un renfoncement de roche où se sont accumulées des feuilles séchées, formant ainsi une litière. Un temps déboussolé, il se remémore rapidement la traîtrise, revoit ses compagnons morts au sol, baignant dans leur sang, sa fuite... mais désormais il lui faut gagner au plus vite la nouvelle Nativité, rendre compte au gouverneur Diego, s'armer et se tenir prêt à les attaquer.

— Ces Indiens si différents de Guacanaric, guerriers, fourbes, grommelle Pedro tout en serrant le poing. Il serait bien inutile de tenter de négocier avec eux ! C'est arme à la main qu'il faut les aborder et exiger d'eux de l'or.

L'Espagnol regarde à gauche, à droite, hésitant sur la direction à prendre.

— Regagner la Nativité, plus facile à dire qu'à faire, se dit-il. Que fais-je donc, moi officier de la Chambre du roi ici, perdu au milieu du continent asiatique !

Dans son malheur, Pedro bénéficie tout de même d'une nature clémente, généreuse : son ventre vide, tiraillé, est rapidement repu par les fruits et autres bienfaits offerts par l'île. La main sur son estomac désormais satisfait, il tergiverse et, finalement, se dirige vers ce qu'il considère comme le nord de l'île.

315ème jour

Lorsqu'au bout d'une dizaine de jours de marche soutenue, Pedro arrive sur le site de l'ancienne Nativité, ce dernier n'en croit pas ses yeux. La nature a repris ses droits sur leur ancien site de colonisation et s'il n'avait lui-même vécu ici, vu l'érection de la palissade et des bâtiments dont aujourd'hui plus aucune trace ne reste, il pourrait même douter d'avoir été là.

Et pourtant, il n'y a pas de doute à avoir.

Il abandonne ses réflexions sur le caractère éphémère de leur présence pour rejoindre le nouveau site, non loin de là, redoublant la cadence de ses pas.

Au fur et à mesure que Pedro se rapproche de sa destination finale, un doute l'assaille. Les Indiens de Maguana pourraient l'avoir devancé. Peut-être n'allait-il trouver que des cendres ? Peut-être se dirigeait-il vers une mort certaine ?

C'est donc avec appréhension qu'il voit les derniers mètres s'égrainer et lorsqu'enfin il distingue les premières habitations, il s'arrête, scrute au loin pour tenter de deviner quelques traquenards.

N'ayant d'autres choix que d'avancer, il continue d'un pas ferme, arme à la main.

La colonie est déserte en ce début d'après-midi d'automne et lorsque Pedro voit sous un arbre deux Espagnols en train de dormir bruyamment, il se rassure.

— Rien n'a changé, se dit-il.

D'un pas pressé, il rejoint le bureau du gouverneur alors

assoupi et jetant sur son bureau la bourse indienne qui ne le quitte pas depuis dix jours, le responsable de la colonie sursaute et, baillant, émerge lentement de sa sieste. Lorsqu'il reconnaît son adjoint, un brin amaigri, un sourire envahit son visage et se redressant avec difficulté, il va à sa rencontre, lui serre chaleureusement la main.

— Pedro, vous ici, quelle bonne nouvelle de vous voir ! dit-il.

Et cherchant autour de Pedro ses compagnons, il questionne, circonspect :

— Mais où sont Martin, Domingo... et les autres ?

Pedro avale sa salive, hausse les sourcils et sans qu'il n'ait davantage besoin de fournir d'explications, le gouverneur tressaille, regagne sa chaise, décontenancé, et conclut :

— Je crois que cela va être notre sort à tous, nous avons encore enterré le petit Diego voici trois jours...

Après un long silence, regard dans le vide, l'homme continue :

— Si l'Amiral ne vient pas rapidement nous chercher, je ne donne pas cher de notre peau ici.

L'adjoint Pedro amène à lui un tabouret, s'assoit à son tour et commence la narration de ses péripéties.

La nuit commence à tomber lorsque Pedro, entouré d'une poignée d'Espagnols, finit son récit.

— Nous voilà prévenus concernant les autres tribus présentes sur l'île, conclut le gouverneur. Nous devons donc rester sur nos gardes.

Et regardant deux Espagnols :

— Les deux Franciscos, vous aurez la charge de vous tenir prêt à tirer l'un de nos canons que nous avons pu sauver du naufrage. Le second va être transporté dans le village de Guacanaric, nous avons désormais des intérêts là-bas et ils devront participer à la bataille en cas d'attaque.

Les deux Franciscos acquiescent, certains de pouvoir trouver quelques Indiens qui les aideront dans le transport de l'arme si imposante.

— Il nous faudra donc redoubler de vigilance, nuit et jour et dès à présent, rajoute le gouverneur. Messieurs, commençons !

Chaque Espagnol regagne donc le poste qui lui a été confié. La bourse indienne à la main, Diego s'apprête à gagner la remise pour y déposer le butin indien et l'ouvrant une dernière fois, il commente, les yeux fixant la poudre si précieuse :

— Tout de même, tout cet or, si proche et nous devons rester là, quel dommage !

Pedro, voyant les yeux pétillants de son coreligionnaire, rajoute :

— Et puis ce sont des orfèvres, ne serait-ce que le cuir que vous avez entre les mains.

Diego acquiesce tout en continuant à faire glisser la poudre d'or entre ses doigts.

— Avez-vous vu la calligraphie au fond de la bourse, questionne Pedro non sans arrière-pensées.

— Oui, ces formes si soignées... cela ressemble à une inscription en arabe, constate Diego.

— Arabe ou latin, affirme Pedro en fixant le gouverneur d'un air sûr.

— Latin vous dites ? répond Diego tout en écartant les grains d'or afin de vérifier l'affirmation.

Tentant de déchiffrer l'inscription, Diégo déchiffre :

— EL...

Pedro acquiesce du regard. Le gouverneur continue, intrigué :

— ELMO...

— ELMONTE ! conclut-il enfin.

— Vous y êtes presque, il vous manque la première lettre, indique Pedro.

Le gouverneur se ravise, se penche à nouveau sur la bourse et conclut :

— Ah oui, vous avez raison, il y a un B devant, il est difficile à lire à cause des replis du cuir.

Réalisant tout à coup, le gouverneur sursaute et continue :

— Mais attendez, Belmonte, c'est une ville de chez nous, en Andalousie.

— Oui, et c'est aussi la ville de Gabriel, l'agriculteur porté disparu voici plusieurs mois.

Diego lève les yeux, abasourdi et reste sans voix.

316ème jour

Alonso s'avance précautionneusement dans la jungle, tenant à bonne distance un Indien que Juan, l'homme d'Église, lui a demandé de suivre. L'Espagnol a donc troqué temporairement son rôle d'assistant pour celui d'espion.

— À moi les basses besognes, grommelle-t-il tout en remarquant que l'Indien vient de pénétrer dans une grotte. Si nous avons besoin de savoir quelque chose, il existe d'autres moyens plus directs, ajoute-t-il tout en faisant briller le flanc de sa lame.

— Et puis, que cachent ces Indiens, eux qui ne dissimulent même pas leurs nudités ? se dit-il tout en étant cependant intrigué.

Continuant sa filature, il s'avance et pénètre à son tour dans la grotte. Celle-ci n'est en fait que peu profonde, quelques mètres tout au plus. Il hésite, reste circonspect et poings sur les hanches, fait demi-tour et finalement s'avoue vaincu : il a perdu la trace de l'Indien.

Il sort alors une pipe indienne de sa besace, la fourre de feuilles de tabac séchées et une fois allumée, inspire de grandes bouffées, la recrachant en volutes.

Soudain il remarque que ce qu'il a pris pour une flaque d'eau au sol bouge, une multitude de bulles remontent à la surface et lorsqu'un visage sort de l'eau, il recule, trébuche, faisant tomber sa pipe.

C'est sa filature qui, apeurée, baragouine quelque chose en taïno et une fois hors de l'eau, prend la fuite.

Encore stupéfait, Alonso se redresse, laissant partir au loin l'Indien. Il fixe alors la flaque d'eau, y plonge ensuite un pied, puis la jambe et ne sentant le fond, décide de plonger.

Comme chaque matin à la même heure, Juan s'apprête à célébrer la messe. Devant lui, l'assemblée de fidèles dont le nombre grandit de jour en jour, est enfin prête.

Alors que les premiers chants s'élèvent dans l'Église, il entend au dehors des grondements. Feignant l'indifférence, soupçonnant une tentative de diversion de la part d'une religion concurrente, il invite les chœurs composés d'une ribambelle d'enfants à redoubler de force pour étouffer le brouhaha.

Bientôt des cris surgissent au fond de l'Église lorsque des

Indiens, le visage recouvert d'une peinture noire effrayante, font irruption et sans sommation viennent planter les pointes de leur lance dans le dos des malchanceux à leur portée. Les paroissiens se lèvent, tentent de fuir, mais ni le temps ni l'espace ne leur permet d'échapper à la boucherie perpétrée sous les cris de « Maguana ».

Les Indiens de cette tribu – ceux-là mêmes auxquels Pedro a pu échapper – assassinent méthodiquement, mettant à mort hommes et adolescents, n'épargnant que les très jeunes et les femmes. Tentant de s'échapper par tous les moyens, les Indiens de Guacanaric grimpent contre les parois de l'Église, cherchent à créer une sortie dans le bâtiment qui n'en comporte qu'une, celle-là même par laquelle les tueurs sont entrés.

Luis, paralysé, lève les bras au ciel, tente de dire un mot, mais sa bouche s'ouvre sans qu'il ne puisse prononcer une parole.

Un Maguana arrive à sa hauteur, se fige devant lui, le dévisage de haut en bas et lui plantant un pieu dans le ventre, s'en retourne, continuant le massacre des autres fidèles.

Alonso ressort de l'eau.

— Le prêtre a donc raison de se méfier de ces Indiens, se dit-il. Ou du moins de leur vieux sage. Mais pourquoi ont-ils échafaudé une cache si complexe alors qu'à part nous, je ne vois pas d'autres menaces... Ou alors nous avons encore à découvrir quelques dangers dans l'île ?

Se frottant les mains, content d'avoir mis à jour un tel secret, il prend aussitôt la direction du village indien au pas de course, pressé de partager sa découverte.

— Alerte ! hurle l'un des Francisco tout en sonnant le tocsin pour avertir ses compagnons de l'arrivée des Indiens Maguana qui s'abattent sur la nouvelle Nativité comme une nuée de criquets, surgissant de partout.

Les Espagnols, pourtant sur leur garde, en tuent un, deux puis dix mais très vite, sont submergés par le nombre et surtout par la détermination des Indiens. L'hécatombe qui en résulte multiplie la conviction des Indigènes à défaut de les faire fuir.

Même les malades alités et pour certains à peine capable de tenir debout saisissent leur plus belle lame et se joignent à la bataille lorsqu'ils entendent le cri de leurs compagnons. Affaiblis, ils se défendent vaillamment malgré le peu de force dont ils disposent et très vite se voient transpercés par les lances indiennes en bois.

De son bureau à l'écart, le gouverneur s'élance et épée à la main court, rageusement, vers les Indiens. D'un revers, il tranche la gorge d'un Indien s'acharnant à transpercer encore et encore le corps d'un Espagnol à terre, déjà mort. Deux Indiens le prennent pour cible, mais leurs lances viennent rebondir sur le plastron métallique qu'il a endossé, le faisant reculer d'un pas. Il serre les dents, lève sa lame au ciel et courant vers eux vient la ficher dans le corps du premier homme et il ne faut pas l'éclair d'un instant pour que le second subisse un sort identique.

Un Espagnol à sa gauche trébuche pour qu'aussitôt un Indien prenne l'avantage sur lui et mette fin à ses jours. Un autre marin, déjà blessé, cerné, exténué ne voit pas arriver une flèche qui se plante dans son cou faisant gicler son sang lorsqu'il la retire. Son adversaire profite de la diversion pour prendre le dessus et le tuer.

Bientôt le gouverneur ne voit autour de lui que les peaux

noircies des Indiens, plus aucun Espagnol n'est à ses côtés. Au loin, il reconnaît Francisco, courir, s'enfuir. Un doute l'assaille, se demandant s'il ne devrait adopter la même stratégie.

Une flèche vient se loger dans son bras, deux Indiens se rapprochent de lui, l'encerclent. Il recule et est bientôt rejoint par Francisco, arme à la main, qui, en fait de fuir, est allé mettre feu au canon.

Une détonation assourdissante résonne dans la nouvelle Nativité, figeant les Indiens et bientôt une épaisse fumée envahit le lieu.

Profitant de l'aubaine, les deux hommes s'éclipsent, abandonnant sur place les cadavres gisants de leurs coreligionnaires.

Lorsqu'Alonso arrive au village de Guacanaric, tout n'est que désolation. Le lieu semble avoir été brusquement abandonné de tous ses habitants pour une raison qui lui échappe. Tout a été saccagé, mis sens dessus dessous, mais d'Indiens, il n'y a de trace.

— Serait-ce ma découverte qui a provoqué un tel émoi ? se dit l'Espagnol tout en continuant de traverser le village.

Un ouragan semble être passé là, remuant tout ce qui est possible de l'être.

Laissant de côté sa stupeur, l'Espagnol se dirige vers l'Église, espérant retrouver le prêtre ou quelques Indiens pouvant le renseigner.

Lorsqu'il découvre le lieu de rassemblement ou plutôt ce qu'il en reste au loin, il craint le pire pour ses compatriotes. Le bâtiment, si particulier dans ce village indien, qui se dressait insolemment, n'est désormais

194

qu'une ruine, qu'un amas de décombres.

Accourant vers l'édifice pour lequel il a investi tant de temps, tant d'espoir et voyant que chaque élément a été méthodiquement brisé, il pousse un soupir de désespoir.

Soudain il entend un gémissement. L'Espagnol se rapproche, écarte des nattes de feuilles de palmier et découvre sous les débris un Indien, agonissant. Il tente de l'extirper, mais voyant les boyaux du pauvre homme à l'air libre, il se fige, recule d'un pas et tremblant, hésite. L'agonisant ferme les yeux. Détournant alors son regard, il respire profondément, de manière saccadée.

Puis il reprend son courage et soulève furieusement débris par débris, voulant retrouver le prêtre peut-être encore vivant, peut-être épargné. Un autre corps apparaît sous les décombres, éborgné. Puis un autre fiché de pieux en bois. Des autres corps, cette fois-ci des adolescents, sont là, crânes fracassés. Détournant à chaque fois le regard, il respire profondément, écœuré.

Apercevant une toge blanche, un effroi le saisit. Aussitôt, il redouble d'efforts, écarte les débris et découvre le visage de Juan, sans vie.

Résigné, il s'arrête, reste là, le regard vide. Naïvement, il a cru que l'issue aurait pu lui être différente, mais il n'en est rien.

Un instant après, il se souvient de ses anciens camarades, se dit qu'il faut les prévenir. Mais avant de partir, il recouvre le corps de Juan et l'abandonne là, gisant et regardant en direction de la nouvelle Nativité, se met à courir.

— C'est inutile ! conclut avec difficulté Francisco.

Diego se retourne et découvre derrière lui un Francisco

livide, la main gauche appuyée sur son estomac. Épaulé par le gouverneur, le second rescapé du massacre s'assoit sur un rocher. Inquiet d'être suivi, le gouverneur jette un regard au loin et rassuré se penche enfin sur son compagnon.

— C'est inutile, répète Francisco. Je le sais depuis le premier jour où nous avons posé le pied ici. Nous perdons notre temps ici, nous ne sommes pas chez nous. Et puis, j'ai toujours détesté ces ignames, on dirait de la châtaigne...

Respirant avec difficulté, son visage devient de plus en plus blanc.

— Bah, c'est trop tard pour avoir des regrets, tente de le rassurer le gouverneur. Et puis de toute façon qu'aurions-nous...

Diego arrête sa réponse lorsqu'il voit un Francisco figé, yeux grands ouverts.

— Francisco ? interroge à tout hasard Diego, espérant vainement quelque réponse.

— Oui, répond l'Espagnol après un silence qui a semblé une éternité pour Diego. Je suis là, enfin pour le moment.

— Triple buse ! rétorque Diego. Ce n'est pas le moment de s'amuser Francisco !

— Francisco ? l'interpelle à nouveau Diego, inquiet après un nouveau silence.

Les yeux toujours fixes, ouverts, le corps de Francisco se relâche et s'effondre devant le gouverneur qui ferme alors les yeux.

Passant sa main dans la barbe, il la garde sur la bouche, pour mieux contenir son émotion, sachant que cette fois-là, c'est bien fini.

Fermant les yeux de Francisco, il l'allonge et se retournant une dernière fois, reprend le pas, espérant pouvoir trouver refuge au village Guacanaric.

Embusqué dans un fossé, Alonso regarde au loin la scène qui se déroule au cœur de la Nativité. Les Indiens Maguana, après avoir dévasté l'Église, elle seule, du caciquat voisin, sont en train de faire de même avec la colonie des Européens.

Chaque bâtiment est méthodiquement démantelé, détruit furieusement.

Pendant ce temps-là, d'autres Indiens s'affairent à ficeler les corps des Espagnols morts à un tronc et tel un trophée de chasse, partent avec, deux par deux.

Le corps du médecin est là, tuméfié, accroché comme une bête, puis il reconnaît un autre Espagnol, malgré la distance et les corps en partie mutilés.

Le regard alors fixé vers la colonie, Alonso ne remarque pas que dans son dos, deux ombres indiennes se sont faufilées sans un bruit et à peine a-t-il le temps de se rendre compte avoir été découvert que deux lances le transpercent avant qu'une troisième est plantée dans sa nuque.

Voilà longtemps que le gouverneur Diego n'a revu le village de Guacanaric. Il aurait préféré y revenir dans d'autres circonstances, mais aujourd'hui il n'a d'autre choix que d'aller quérir l'aide de son voisin indien.

À l'approche des premières habitations un doute l'assaille : toutes les habitations sont vides, leurs contenus trahissent un départ précipité. Il hésite à pénétrer davantage dans le lieu, redoutant quelque embuscade orchestrée par le chef Maguana. Puis il se remémore la furie de ces Indiens, bien incapable d'élaborer une telle manigance, plus fonceurs que stratèges. Reprenant le pas, il se dirige directement vers l'Église, espérant retrouver Juan ou Alonso qui sont peut-être encore présents.

Lorsqu'il voit poindre au loin un amas de décombres en lieu et place du lieu de culte, il perd l'espoir de retrouver ses amis.

Se rapprochant, il constate que l'Église est le seul bâtiment détruit. Il se met à soupçonner quelques duplicités de la part du chef Guacanaric : excédé par le zèle religieux, les aurait-il dénoncés auprès de leurs voisins belliqueux ? Les aurait-il vendus contre quelques récompenses ? Pourquoi les Indiens ont-ils été épargnés, jusqu'à leurs habitations, alors même que la Nativité tout comme le lieu de prière sont réduits en miettes ?

Arrivé à hauteur de l'Église, une main indienne, dépassant des décombres, éveille son attention. Puis un corps, inanimé. Plus loin, un Indien, trois pointes fichées dans la poitrine s'est vidé de son sang. Il porte une croix. S'avançant encore, un autre corps. Il se penche vers lui, note la croix également.

— Ce sont les premiers martyrs d'Asie, commente, amer, le gouverneur. Enfin, si l'histoire se souviendra d'eux.

Continuant d'avancer à travers les débris, l'Espagnol découvre une toge blanche, maculée, à l'écart. Il accélère ses pas, s'approche du cadavre et découvre Juan, gisant, bouche ouverte.

Le gouverneur inspire profondément, regard dans le vide.

— C'est en fini pour lui aussi, se dit Diego, un genou à terre.

Voyant le poing du prêtre fermé, serrant un chapelet, Diego l'ouvre et l'en dépossédant, repose lentement la main sur son torse.

Les yeux fermés, serrant le chapelet de Juan, Diego prie. Lui d'habitude si cartésien renonce, remet son sort au très puissant.

Entendant du bruit au loin, il interrompt son recueillement et se relevant, s'apprête à fuir, laissant le cadavre du religieux, là, sans sépulture. Jetant une dernière fois un regard vers lui, l'avant-bras de Juan retient son attention. Il le trousse et découvre qu'une plaque rosacée recouvre le haut de son bras. Restant un instant figé, des voix au loin le rappellent à la réalité. Il se relève rapidement et quitte définitivement le village Guacanaric.

Le gouverneur, hagard, avance, sans but lorsque la nuit qui tombe le convainc à s'arrêter.

— Revenir à la Nativité est risqué, se dit Diego. Et solliciter l'aide de Guacanaric, une preuve de naïveté.

Il en est désormais sûr : Guacanaric les a dénoncés. Ou a sollicité l'aide de leur belliqueux voisin afin de se débarrasser d'eux. Il lui faut rendre compte de cela, écrire sur la duplicité de ces Indiens si obséquieux en apparence, écrire aussi sur ces autres tribus si différentes, si guerrières, si fières de mourir au combat qu'elle en a déstabilisé les Espagnols pourtant mieux équipés, en terrain connu.

Tout en serrant fermement le chapelet de Juan, le gouverneur - ou plutôt l'ancien gouverneur de la Colonie vu qu'il n'en reste désormais rien - serre les dents, échafaude un plan pour son journal et le nécessaire pour le compléter.

À défaut d'une colonie accueillante, les prochains Européens qui débarqueront - car il certain qu'il y aura

une prochaine fois - devront au moins disposer des notes
qui les aideront dans leur tâche.

318ème jour

Pendant deux jours le gouverneur est en faction,
embusqué, face au site de la Nativité guettant
quelques activités. Les Indiens Maguana n'ont réapparu,
ayant probablement définitivement quitté le lieu une fois
leur mission accomplie mais Diego, par précaution,
préfère veiller.

Grelottant, il passe une main à son épaule, encore
douloureuse, puis se blottit contre un feuillage sec pour
se réchauffer. Enfin, il se décide à se lever, s'arrête un
instant lorsqu'un vertige le prend et, décidé, prend la
direction de la Nativité, le pas peu assuré.

Aussitôt il reconnaît la main Maguana qui s'est abattue
ici comme sur l'église de Guacanaric et s'est ingéniée à
démonter, casser, réduire à néant leurs habitations, la
réserve dont les tonneaux ou les caisses de biscuits ont
été savamment répandus à même le sol. Le dispensaire,
la hutte du chef, son bureau, plus rien ne reste debout.

Se dirigeant vers l'emplacement de sa table de travail où
il avait l'habitude de rendre compte quotidiennement de
la vie de la colonie, Diego esquisse un sourire lorsqu'il
voit des feuilles de papier, éparpillées et plus loin
l'encrier qui le suit depuis de nombreuses années. Il
s'empare de cette précieuse découverte et quitte le triste
lieu afin de compléter les pages manquantes.

— Qu'elles soient indiennes ou européennes, les femmes ont cela de commun qu'elles aiment se faire attendre, se dit l'homme qui patiente dans cette grotte depuis maintenant six jours.

Luis – car il s'agit bien de lui – souffle, se déplace avec difficulté, rageant de ne plus avoir de nouvelles de sa bien-aimée. L'Espagnol, qui a pu miraculeusement échapper aux griffes des Indiens Maguana lors de l'embuscade qui leur a été tendue, a sitôt retrouvé le chemin du village de Guacanaric, non pas pour les avertir mais pour retrouver Mirina. Malheureusement l'Indienne a été mise en quarantaine suite à sa disparition et ne serait-ce que l'approcher sans éveiller l'attention des Indiens a été possible. C'est à ce moment-là qu'est survenue l'attaque des Maguana contre le village marien de Guacanaric. Devant l'arrivée inopinée de leur belliqueux voisin, les Indiens de Guacanaric ont pris la fuite, abandonnant tout sur place. Mirina n'a pour autant été libérée mais l'approcher dans la débandade a été chose aisée pour Luis qui a bénéficié d'un réseau d'amitié au sein du village indien.

Blessé à la cheville, n'ayant réussi à la libérer, Luis a dû l'abandonner seule, à son sort, elle, espérant profiter d'un moment d'inattention pour s'évader.

Depuis son lieu de refuge, Luis regarde son pied devenu noir par une marche forcée, passe sa main froide dessus.

Soudain, il entend un bruit non loin de lui. Saisissant l'arme qui est posée à portée de main, il se fige, à l'affût d'un nouveau bruit. Apparaît face à lui une ombre qu'il reconnaîtrait parmi des milliers. C'est elle, Mirina, qui a ainsi réussi par un obscur moyen à s'extirper des griffes de ses geôliers alors que lui, Luis, a échoué.

Qu'importe, pour l'heure Luis est heureux de retrouver sa bien-aimée et se levant en claudiquant, la serre tout contre lui.

Le soleil commence à se faire plus doux lorsque Diego met un point final aux derniers événements qui sont survenus sur la Nativité.

Voilà sa mission accomplie, il est désormais libre même si cela est tout relatif ici. Une dernière chose lui reste à faire avant de s'éloigner de ce lieu maudit qui a vu périr une partie de ses compagnons par maladie et une autre par la main indienne : mettre en lieu sûr ces notes, avec les précédentes. Jusqu'à présent elles étaient cachées dans un coffre lui-même enterré mais en cas de malheur, il imagine mal l'Amiral des mers pouvoir le retrouver.

Non, il a une autre idée en tête, plus classique.

Luis serre les dents lorsque Mirina soulève son pied douloureux, gonflé. Sa belle, sitôt arrivée, s'est inquiétée de l'état de sa cheville et a concocté en l'espace d'un instant une pommade à la texture ragoûtante et qui, sitôt appliquée, semble apaiser l'Andalou heureux de faire l'objet de tant d'attentions.

Ramassant les pages de son journal une à une, Diego se fige un instant lorsqu'elles sont enfin toutes rassemblées. D'aucunes sont déchirées, la plupart souillées. Par chance, les Indiens n'ont pas soupçonné la valeur de ses notes et les ont abandonnées.

— Mais quel gâchis tout de même ! se redit Diego.

Voyant à son pied la bourse en cuir et le chapelet de Juan que Pedro a rapportés, il les saisit puis les glisse dans le coffre.

— Au moins, celui qui lira ces pages saura de quoi ils sont capables, se dit-il.

Regardant devant lui, il s'avance, le coffre à la main et arrive face au puits dont l'ouverture est en partie recouverte de débris divers et variés.

— Nous y voilà, encore un peu d'escalade et je serai définitivement affranchi de toutes responsabilités.

Après avoir déniché une corde, il la noue autour d'un tronc d'arbre et péniblement descend dans le puits, le coffre accroché en bandoulière.

La descente est lente, malaisée à cause du coffre qui se balance mais surtout à cause de la gaucherie du gouverneur, peu habitué à ce genre d'exercice de surcroît.

Soudain, l'homme sent la corde craquer et à peine a-t-il le temps de tenter de s'accrocher que celle-ci rompt. S'agrippant à ce qu'il peut, le gouverneur saisit in extremis une branche qui se fige en travers du puits.

Un instant après, celle-ci cède.

321ème jour

Au petit matin, quand Luis se réveille avec les premiers rayons du soleil, il s'étonne de ne voir Mirina à ses côtés. Constatant que son pied a presque retrouvé son état d'origine, que la coloration noire commence à se résorber, il se lève précautionneusement et se rend compte qu'il est en mesure de marcher, sans trop de difficulté.

Lorsqu'enfin Mirina le rejoint, debout, heureux, il ne peut s'empêcher de la saisir dans ses bras. La femme, surprise par la soudaine marque d'affection, laisse tomber les baies qu'elle est allée cueillir.

Luis, tout sourire, les ramasse une à une et les yeux pétillants, la fixe. L'Indienne, gênée, baisse le regard. L'Espagnol passe sa main sur celles de la jeune femme qui s'étourdit. Aussitôt elle se retourne et respire lentement, profondément.

Ce sentiment la gêne, être attachée à quelqu'un la rend faible. Elle ne veut pas y succomber.

S'éloignant brusquement, elle laisse Luis pantois qui ne sait comment réagir. Il hésite, la suit puis, finalement renonce, par pudeur.

Quelques instants après, elle revient, le regard haut, fier.

— Sauras-tu me suivre partout ? demande-t-elle à Luis, étonné.

Le traducteur ne se désarçonne pas et, sûr de lui, s'approche lentement d'elle et, arrivé à sa hauteur répond affirmativement d'un hochement de tête.

Un soleil de plomb règne sur la Nativité.

Malgré le sable brûlant, quelques animaux et notamment des lézards se sont aventurés sur le lieu, désormais vide de toute vie humaine. Les reliques du court passage espagnol offrent un terrain de jeu idéal pour les reptiles mais ce qui les attirent surtout sont les vivres qui ont été éventrés ci et là et surtout les flaques de vin sucré dont ils raffolent.

L'un de ces lézards se dirige vers la mer et arrivé à la hauteur d'un trou à même le sol, un éternuement le fait bondir puis fuir au loin.

∞

Lorsque Luis abandonne un court instant sa douce rêverie avec Mirina, ses pensées vont directement à la Nativité. Il voudrait être égoïste et ne penser qu'à son bonheur et celui de la jeune Indienne, mais le danger qui guette la colonie espagnole commence à le déranger pour ne bientôt plus quitter ses pensées.

— Mirina, dit-il en hésitant, pourrions-nous nous diriger vers la...

Mirina l'interrompt et un sourire au visage lui répond en judéo-espagnol :

— Oui.

∞

Depuis le fond du puits, le gouverneur lève les yeux et voit le ciel bleu, clair, dégagé. Il ne saurait dire avec précision depuis quand il croupit ici-bas. Tout juste sait-il que son ventre le tiraille et qu'à part boire, il n'a rien pu se mettre sous la dent depuis des heures. La seule chance qu'il a eue dans son malheur est d'avoir entraîné dans sa chute des planches qui, déplacée, lui permettent de rester au sec.

Le gouverneur a jusqu'à présent conservé son optimisme en toutes circonstances mais soudainement, il n'imagine plus aucune aucune issue.

— Tout de même je ne peux finir ici, se dit-il. Sans que personne ne le sache, loin de ma famille, de mes ancêtres, de Cordoue. Je ne veux passer l'éternité depuis ce trou sordide, humide. Je veux demeurer parmi les miens.

Une larme glisse le long de ses joues.

Dans un sursaut d'orgueil, il rassemble ses forces et prenant appui de part et d'autre de la paroi du puits, tente de remonter. La force lui manque, il s'immobilise un instant, à mi-parcours. Bientôt il doit reprendre son effort. Ou abandonner.

Dans un dernier effort, il s'élance et lorsqu'il voit petit-à-petit la surface s'approcher et avec elle la lumière, c'est-à-dire la vie, l'énergie lui revient.

Tentant de s'agripper trop précipitamment au sol qui se présente à lui, sa main ne parvient à saisir une prise ferme et elle glisse sur le sable meuble.

Il tente de se rattraper aux parois mais à bout de forces, chute lourdement, au fond du puits, perdant connaissance.

En arrivant sur le lieu de la Nativité, Luis perd espoir lorsqu'il découvre un spectacle de désolation.

— C'était eux ou nous, se dit-il. Il n'y a pas de cohabitation possible à long terme.

Se promenant sur l'endroit où se dressaient auparavant les anciennes habitations, un pincement au cœur le saisit. À côté de lui, Mirina le suit, sans commenter puis elle s'éloigne, laissant le traducteur seul sur le site.

L'ancien gouverneur reprend connaissance du fond du

puits. Ses jambes qui se sont réceptionnées sur une planche de fortune après une chute de plusieurs mètres lui font affreusement mal.

Soudain, il entend du bruit à la surface.

Il hésite : doit-il appeler à l'aide ? Et si c'étaient les Indiens Maguana, revenus sur le site de leur méfait ? À la recherche d'une victime expiatoire ?

Prêtant l'oreille, l'homme blessé attend un indice qui lui permettrait d'identifier les visiteurs.

Entendant hurler, il ne bouge pas, cherchant à distinguer la langue. Espagnole? Taïno ?

— *Liani, liani* entend-il difficilement au loin.

Il hésite, cherchant à rapprocher ce qu'il a vaguement entendu d'un mot espagnol.

— *liani*, entend-il prononcer distinctement par un locuteur proche de l'entrée du puits.

— Non, cela n'a rien d'espagnol, se dit-il sans bouger.

— *Liani,* hurle Luis à la recherche de Mirina, partie au loin.

La voyant au loin, il la rejoint, s'éloignant du puits, n'ayant constaté de vie ou de raison de rester davantage ici.

323ème jour

Luis marche d'un pas guilleret sur la plage en sifflant son habituelle mélodie composée de trois notes. L'Espagnol se sent léger, heureux, débarrassé de toutes contraintes. Il a abandonné un instant sa dulcinée pour aller ramasser quelques baies, non loin de là.

Soudain, son attention est attirée par une forme noire à l'horizon. Se rapprochant du rivage, il découvre avec effroi que la forme est en fait une demi-douzaine d'embarcations qui contiennent chacune des Indiens.

La curiosité aiguisée, il regagne les broussailles qui le mettent à l'abri de ces visiteurs, mais lui laissent assez de champ pour les espionner.

Lorsque les canoës – au nombre de six – gagnent enfin le rivage, il voit alors devant lui les guerriers débarquer. La distance ne lui permet de tout distinguer avec précision mais il croit reconnaître des Caraïbes, ces guerriers sanguinaires réputés qui font des incursions d'île en île.

Toutefois Luis est intrigué par ces hommes, leurs silhouettes, leurs démarches lui semblent particulières, un brin graciles. Et lorsque ces guerriers se rapprochent suffisamment, il se rend alors compte à son grand étonnement que les guerriers sont en fait de sexe féminin.

— Serait-ce les Amazones dont ont parlé de nombreux Indiens dans le village de Guacanaric ? se demande Luis.

Il avait pris pour des fables ces légendes de femmes combattantes, qui refusent tout élément masculin dans leur tribu.

Depuis sa cache, il observe avec attention leurs faits et gestes, intrigué de savoir ce qu'elles sont réellement venues faire ici, oubliant un instant Mirina.

Les Indiennes, aux muscles noueux, aux larges épaules,

portent une cuirasse en cuir qui leur laisse les bras nus et recouvre leur poitrine.

Retournant à la réalité, Luis repense à Mirina, se décidant à la rejoindre. Imprudent, il se redresse rapidement et se trahit auprès d'une guerrière non loin de lui. Celle-ci, les yeux injectés de sang reste stoïque devant l'homme blanc puis se reprend et lance l'alerte dans un dialecte que Luis ne reconnaît pas.

Sans attendre davantage, le traducteur prend la fuite, en direction opposée. L'infortune le poursuivant, il prend appui sur un rocher glissant, trébuche et lorsque sa tête vient cogner le tronc d'un arbre, le jeune Espagnol perd connaissance.

Au moment où Luis reprend connaissance, il a d'abord du mal à comprendre ce qui se passe autour de lui. Sa vision est trouble, sa tête lui tourne et lorsqu'il arrive à distinguer quelque chose, le jeune Espagnol se rend compte qu'il a autour de lui de nombreuses guerrières, lances levées, prêtes à les abattre sur lui. Des gouttes de sueur viennent perler sur son front, il croit sa dernière heure venue quand une nouvelle guerrière, parée de bijoux en or, gagne leurs hauteurs et se fige devant Luis.

Le traducteur reste coi devant celle qu'il prend pour la chef des guerrières. Ces traits, ce regard, l'allure, tout jusqu'à la voix lui semble familier. Oui, il croit voir Mirina face à lui et s'il n'y avait cette indifférence, il s'y méprendrait.

— Je peux vous aider, bégaye-t-il en langue taïno.

Les Indiennes, qui mâchent quelques plantes, lèvent davantage leurs lances, prêtes à transpercer le traducteur.

Une autre voix, puissante, surgit de derrière Luis arrêtant net l'action qui aurait sinon été fatale.

— Cette voix, se dit Luis, oui je connais cette voix.

Il se retourne et découvre, ébahi, que c'est Mirina, réellement cette fois-ci, le visage sévère, le doigt pointant le sol.

La chef guerrière interpelle Mirina qui lui répond dans sa langue.

Luis reste ébahi.

Le ton monte entre les deux femmes jusqu'à ce que la chef guerrière donne un ordre qui se révèle être une sentence de mort.

Les guerrières lèvent à nouveau leurs lances et s'apprêtent à abattre une pluie de lances sur Luis lorsque Mirina s'interpose et tonnant un ordre permet l'arrêt net de l'action.

Luis est totalement perdu, ne comprenant rien à l'action qui se trame devant lui.

Mirina ajoute quatre mots et les guerrières jusqu'alors menaçantes baissent le bras, posent aussitôt un genou à terre et lèvent les paumes de leurs mains. Leur chef fait de même, après une hésitation plus longue.

Mirina vient à leur hauteur, pose sa main sur leurs mains qu'elles retirent alors, le regard tourné vers le sol. La jeune Indienne prononce un nouvel ordre, les guerrières se lèvent, regagnent leur canoë et de là, sonnent le rappel. Les autres guerrières les rejoignent alors, grimpent dans leurs embarcations et s'éloignent définitivement de l'île.

Une fois les canoës bien engagés en mer, les poings de

Mirina se resserrent, ses veines jusqu'alors apparentes disparaissent et elle se retourne, alors, enfin vers Luis.

L'Espagnol, toujours au sol, estomaqué par la mort certaine à laquelle il a échappée, se retrouve face à une Mirina qui lui semble être une étrangère.

Très vite, elle retrouve son sourire et tout son charme qui a plu à Luis.

Lui, intrigué, la questionne :

— Qui es-tu réellement Mirina ?

Voyant le trouble qu'elle a causé chez le pauvre traducteur, elle ne peut que lui avouer :

— Un présent Amazone à la tribu Maguana qui m'a offert à son tour à Guacanaric.

Luis fait de grands yeux. Bouche ouverte, il n'a le temps de commenter que Mirina continue :

— Il est de coutume de donner les enfants de reine chez les Amazones. Le trône ne peut s'hériter.

Luis se lève, encore sonné et prenant la main de sa dulcinée lui dit :

— Partons, cela est bien compliqué pour moi, un simple homme du livre.

326ème jour – 26 novembre 1493

C'est avec une certaine émotion que l'Amiral des mers voit la côte haïtienne se rapprocher. Il a laissé au large les 16 autres navires qui ont accompagné son second voyage et lorsque sa caravelle Marie-Galante jette l'ancre, il s'étonne de ne voir sur la terre ferme quelques remparts. Tout au long de sa traversée, il a rêvé à la destinée des 39 hommes qu'il a abandonnés là, voici près de onze mois. 39 hommes qui ont eu pour mission d'établir la première mission dans le Nouveau Monde.

Mais face à lui, rien. Du moins, aucune trace de présence espagnole.

— Sommes-nous bien au même endroit que nous avons quitté en début d'année ? se dit-il, hésitant.

Quand son pied foule le sable, un frisson traverse son corps.

— S'ils ne sont pas là, à m'accueillir, les bras chargés d'or, de présents, des Indiens par centaine chantant, cela signifie... se dit-il avant d'interrompre sa pensée.

Il regarde les compagnons qui l'ont accompagnés, ne dit un mot, reprend sa marche.

Lourdement armés, les Espagnols s'avancent et gagnent le site de l'ancienne Nativité n'y découvrant rien si ce n'est quelques croix en bois. Aucun bâtiment, aucune trace de puits ni de présence humaine.

— A-t-on même vécu ici ? s'énerve-t-il.

— Allons interroger le chef Guacanaric, lance-t-il à ses compagnons. Il doit forcément avoir quelques renseignements à nous apporter !

Sans même avoir à en dire plus, deux Indiens arrivent face aux Espagnols, chargés de présents. Très vite, une foule nombreuse leur fait face.

L'Amiral s'enquiert aussitôt du sort de ses compagnons abandonnés, aidé en cela par un traducteur européen qui tant bien que mal communique avec les Indiens.

Devant les réponses évasives, l'Amiral s'emporte :

– Si le chef Guacanaric ne vient pas à nous avec des réponses plus claires, nous irons à lui ! Et joignant le geste à la parole, il se lève et invite ses compagnons à gagner le village indien.

Engoncés dans leurs armures, la marche est malaisée pour ces Européens qui découvrent pour la première fois le cœur de la forêt haïtienne.

Après deux heures de marche qui sont un calvaire pour ces hommes, de surcroît chargés, les Espagnols arrivent enfin au village, abandonné.

– Mais que se passe-t-il donc ici ? lance un marin.

– Serait-ce notre arrivée qui les a fait fuir dans une telle précipitation ? se dit l'Amiral tout en pénétrant au hasard dans le village.

Soudain, il voit au loin un amas de débris. S'en approchant, il gagne sans le savoir ce qui reste de l'Église. Devant l'odeur pestilentielle, les hommes reculent un instant avant de voir un cadavre, puis un autre, mêlé dans les débris. Les Espagnols ont tous le même réflexe de se passer la main sur le nez.

Soudain un des Espagnols hèle l'Amiral. Il a découvert le corps d'un Européen.

– Mais... c'est Juan ! s'étonne l'Amiral des mers. Cet accoutrement de prêtre... lui le repris de justice, étonnant tout de même !

Et après une pause, il conclut :

– Enterrons-le et partons.

328ème jour – 28 novembre 1493

Revenu sur le site de l'ancienne Nativité, l'Amiral des mers regarde la mer, dépité, avec au loin son navire qui l'attend. Il espérait voir surgir ses anciens compagnons, au moins l'un ou l'autre. Mais il n'en est rien, aucune nouvelle, aucun signe...

– Sa bonne étoile l'aurait-elle quitté ? s'interroge-t-il.

Se tournant vers ses compagnons, il se racle le fond de la

gorge et déclare :

– Nous avons perdu assez de temps ici, préparez vos affaires !

À peine a-t-il fini sa phrase qu'arrive une foule d'Indiens et derrière eux le chef Guacanaric. L'Espagnol sourit et ironiquement commente :

– Bienvenue cher Ami, nous vous attendions justement !

Peu avant la nuit, la barque chargée de l'Amiral des mers et de ses marins-soldats regagne la Marie-Galante. Arrivés sur le pont, les marins s'enquièrent aussitôt de leurs 39 compagnons, que certains connaissent, des cousins éloignés pour certains.

– Chers amis, nos compagnons sont morts. Abandonnés par nous et surtout par les Indiens qui ne les ont ni aidés, ni défendus. Ne perdons pas davantage de temps. Ce site est une perte de temps. Cap à l'est, nous trouverons un site plus propice à l'établissement d'une colonie.

Du haut de la falaise, Luis voit face à lui le navire qui vient de lever l'ancre. Il hésite une dernière fois.

– Devrait-il signaler sa présence ? Rejoindre les bateaux espagnols ? Et revenir en Europe ? se demande-t-il.

Mirina rejoint Luis, passe sa main délicatement autour de sa taille. Lui se demande si c'est la même main douce qu'il a vu se lever voici quelques jours...

– Est-ce ton peuple au loin ? demande Mirina en posant sa tête sur le dos de Luis.

– Mon peuple ? répond hésitant Luis. Je n'ai pas vraiment de semblables... Errant je suis, errant je resterai...

Devant l'air circonspect de Mirina, Luis reprend :

– Viens, partons, il y a tellement de choses à faire ici et maintenant !

Épilogue

4 janvier 1985

Les deux frères Aristide et Louis-Toussaint courent le long de la plage, poursuivis au loin par un groupe d'hommes prêts à en découdre.

– Fèt vit, depeche ou Loui-Tou , Tonton Macoute vini ![2] hurle l'un des adolescents à son frère en retard.

Soudain, alors qu'ils s'apprêtent à pénétrer la forêt, le sol se dérobe sous les pieds du plus jeune des frères qui tombe dans un trou. Aristide, surpris de cette cache providentielle, y pénètre, recouvrant l'entrée avec les branchages présents là.

Les poursuivants passent à côté, ralentissent le pas, hésitent sur la direction à prendre et continuent finalement leur course.

Un moment après, pensant s'être définitivement débarrassé de leurs poursuivants, Aristide et Louis-Tou s'extirpent de leur cache.

C'est sans compter la présence d'une adolescente qui, tout aussitôt surprise que les deux frères, reste pétrifiée lorsqu'elle voit surgir de terre les deux adolescents.

La bouche ouverte, poitrine gonflée, elle s'apprête à hurler, donner l'alerte à la milice qu'elle a accompagnée mais s'arrête net en découvrant Louis-Toussaint. Lui-même reste intrigué par cette femme dont ses traits lui semblent familiers, agréables, désirables.

Si elle donnait l'alerte, les Tonton Macoute ne manquerait pas de revenir et le sort des deux personnes en serait alors définitivement scellé.

---

2   Fais-vite, dépêche-toi Loui-Tou. Tonton Macoute arrive

Mais pour l'heure, les deux haïtiens se font face. Derrière, le second frère-fuyard trépigne d'impatience.

Une éternité se passe avant qu'un appel venu de la forêt vienne rompre le silence. La jeune femme sursaute, hésite, jette un nouveau regard sur Louis.

– Mirina, Mirina, tu es là ? entend au loin l'indicatrice des Tontons Macoute qui détourne son regard et se sauve, rejoignant les membres de la milice.

Stupéfait Aristide regarde son frère circonspect. A sa main, il porte une boite partiellement recouverte de goudron.

– Ti frè, ou te dekouvwi yon trezò, louvri, louvri ![3] lui lance aussitôt Louis.

Les deux frères, les yeux écarquillés devant le coffre posé au sol saisissent un rocher et impatients, brisent la serrure.

Bouche bée, Louis-Toussaint ouvre le coffre mais sa déception est grande :

– Lo, lo, ki kote se lo[4] ? dit-il tout en jetant derrière lui une à une les feuilles initialement empilées dans le coffre.

Au fond, il découvre un chapelet et une bourse. Mettant le chapelet autour de son cou, le plus jeune des frères ouvre la bourse et découvrant qu'elle est vide, ironise :

– Frè, pov nou se, pos nou gen pou rete. Swete pou ou yon bous.[5]

Aristide la saisit et découvrant au fond une inscription, ironise :

– Belmonte, ki sa ki ? Ann ale ! tonton Macoute ap vini ankò ![6]

---

3   Petit frère tu as trouvé un trésor, ouvre ! Ouvre !
4   L'or, l'or, où est l'or ?
5   Pauvres nous sommes, pauvres nous resterons. Tiens pour toi une bourse.
6   Belmonte, c'est quoi ? Viens partons, tonton Macoute pourrait

Et bourse à la main pour l'un, croix autour du cou pour le second, les deux frères reviennent sur leurs pas, en sifflant une mélodie de trois notes.

Les personnages

Les personnes suivants ont réellement existé mais le rôle qu'ils ont joué sur Hispaniola est probablement différent ce qui est présent dans cet ouvrage :

- Luis de Torres, interprète
- Diego de Arana, gouverneur de la colonie
- Pedro Gutierrez, second, adjoint du gouverneur
- Gabriel Baraona, de Belmonte, agriculteur
- Sebastian de Majorque, agriculteur
- Maestre Juan, médecin
- Juan de Villar, prêtre
- Pedro de Talavera, jeune amoureux
- Cristobal del Alamo, premier responsable du stock
- Tristan de San Jorge, responsable du stock
- Alonso Velez de Mendoza, assistant du prêtre
- Antonio de Jaen, charpentier
- Bernardino de Tapia
- Francisco Fernandez & Francisco de Godoy, les deux langues de vipère
- Christophe Colomb, capitaine, Amiral de la mer Océane

Table des matières

3ème partie

Épilogue

Imprimé en France.
Dépôt légal : août 2015